DEATH UNDER THE SKY

GRUPO ORIGEN

Death Under The Sky: Grupo Origen

Autor: Osiris G. Grand

ISBN: 978-84-608-3287-4

© 2015 BY Osiris G. Grand

Diseño de cubiertas y portada: Abigail Ojeda Alonso

Si quieres más información de la saga https://www.facebook.com/DeathUnderTheSky/

Dedicado a todos aquellos

que viven con la mente en otros mundos.

Osiris G Grand

Introducción

La Llamada del Nuevo Mundo

21 de agosto del 2033

Las tinieblas presiden la noche, sin oposición de la luna ni de las estrellas. Tan solo la tenue luminiscencia, que nace en las antiguas farolas, permite ver algo entre las profundas sombras. Un laberinto de callejones conforma un barrio periférico, uno de los más conflictivos de la ciudad. Entre los pasadizos, una silueta solitaria parece fluir, oculta bajo una gabardina, del color de la noche. Quien anda por las calles a esas horas no trama nada bueno. Y eso lo sabe muy bien Mickey, cuya frase favorita es *"ellos se lo han buscado"*. Llevaba unos minutos observando aquella gabardina negra, y le pareció curiosa la larga melena de un tono cobrizo. Es como si brillara entre las sombras.

"El viajero tiene algo fantasmagórico, pueden ser las fantasías de un yonqui, que no se ha pinchado en dos días", piensa Mickey nervioso. Sigue de cerca al viajero, aprovechando el cobijo de coches aparcados y contenedores de basura. Cada segundo más cercano a su víctima. El yonqui nota sus manos palpitar, en parte por la excitación, en parte por el mono de "meta".

La figura se detiene en seco.

-Está empezando, ya está en el aire- dice mirando al vacío.

Mickey sonríe con su sonrisa turbada *"genial, un loco, será fácil de desvalijar. Mi chute espera"*, se acerca aún más.

-El plan está en marcha, cumple con tu parte y yo haré lo mismo...

-¡Dame toda la pasta friki, y el reloj de oro, también!

El hombre de la gabardina lo mira, aunque continúa hablando con su amigo imaginario. -Reúnelos a todos, la rueda del tiempo ha comenzado a girar veloz -hace una pausa -yo he de comer.

-¡Con quién coño hablas, dame el puto dinero o te rajo! -repitió Mickey desquiciado. *"No voy a dejar que ningún loco me dé problemas"*- piensa.

El extraño fija sus ojos en Mickey, y este siente un escalofrío por toda su columna.

-¡Dame toda la pasta, cojones!- grita con fuerza aún más alterado. Solo quiere irse de allí, algo de su víctima no le gusta, y lo nota en cada poro de su piel seca. De fondo, traídas por el lejano viento, se escuchan las sirenas de la policía.

-¿Eres religioso?

-¡A qué viene esto!- dice tembloroso Mickey, a quien el mono le está haciendo perder la cabeza.

-Te aconsejo que alces una plegaria a tu dios, Mickey "el flaco."

-¡Cállate!, ¿¡cómo sabes mi nombre!?-. Mickey palidece y levanta el cuchillo, abalanzándose sobre el extraño. Puede que fuera solo una fracción de segundo, o quizás su cabeza se ha terminado de ir y ya no es capaz de medir el tiempo.

Mickey mueve su navaja y ve cómo se clava en su víctima, se siente triunfal. Sin embargo, nada ocurre como él espera. En otras ocasiones, sus víctimas caían al suelo con las manos en la herida, algunos gritaban, otros se quedaban llorando, mientras él rebuscaba victorioso en sus bolsillos y ponía pies en polvorosa.

Esta vez es diferente. Siente como una mano se aferra en su cuello y sus pies dejan de tocar el suelo.

-¡NO ME MATES!- grita desconcertado.

Después, su cuerpo es proyectado contra el suelo y nota su espalda partirse. También es consciente de cómo varias de sus costillas se hunden en su torso, oprimiendo sus pulmones. Empieza a llorar desconsolado, atenazado por el miedo y el dolor.

-¿Eres creyente?- le vuelve a preguntar el extraño, sin apartar los ojos de los suyos.

Mickey murmura la respuesta, entre jadeos y escupiendo esputos de sangre. A pesar de ello el extraño le entiende sin dificultad.

-No... No lo soy.

-Sabes algo de un templo en esta calle, ¿un templo pagano?- Sus ojos se centran en los de Mickey, penetrando en la intimidad de su mente. -Gracias por la información, es una pena que no seas religioso, los religiosos tienen un sabor mejor.

Mickey nota como unos dientes se clavan en su cuello. Incapaz de gritar, gimotea, mientras poco a poco, su cuerpo se enfría.

-El extraño termina de beber y le mira a los ojos, aún queda algo de vida en aquel yonqui, que entre las pocas lágrimas, empieza a morir. -¿Qué...e...r.es?

-Eso ya no importa, tú no lo verás.

-Por ...favor...

-No eres digno de ver el Nuevo Mundo. Ahora descansa, has servido a un fin- dice el ser, levantándose.

-¿A qué fin?

-Alimentar a un dios.

La vida de Mickey se escapa en su último aliento, y el extraño se acerca a la pared más cercana. Con un dedo manchado de la sangre del drogadicto se dispone a escribir unas palabras. Después sigue caminando, hasta que ve un letrero en esa misma calle: *"Tienda Exotérica Angélica"*

El extraño sonríe, con una mueca que asustaría al policía más curtido si estuviera presente. Acerca su mano a la cerradura y esta se abre con un suave sonido: (clic). Entra en la tienda y pasa frente a las estanterías sin hacer ningún ruido. En los expositores hay misteriosos brebajes, alguno se puede leer en idiomas olvidados: *"plumas de ángel, corazón de cautivo, aliento de demonio"*, y más cosas dispares. Nada de aquello le interesa. Él no está allí por la magia. Va directo a una pared en el fondo de la habitación, pasa su mano por ella hasta que la atraviesa. Una especie de ilusión. Cruza el umbral de la quimera, encontrándose con una gran sala donde tres mujeres y tres hombres permanecen desnudos, manteniendo una posición calculada alrededor de un círculo de sal. Hay una cuarta mujer, de piel oscura, tan solo cubierta por un fino velo, en medio del círculo. Sostiene un pequeño árbol bonsái. Todos los presentes miran sorprendidos al recién llegado de gabardina negra, quien parece no reparar en ellos. Para él, solo existe la mujer de color.

-¿Dónde estás?

-No me encontrarás- responde la mujer negra, con una voz profunda y antigua.

-Entonces mataré a todos tus hijos.

-La muerte solo es unión, a mí.

-Te equivocas amiga mía, ¿acaso no sientes, lo que está ya pasando?

-Lo sé mejor que tú.

Los presentes rodean a la mujer con sus cuerpos intentando protegerla, sabedores de las oscuras intenciones del ser sobrehumano.

-Yo soy lo mismo que esa a la que adoráis, no podréis hacer nada en mi contra.

Ellos permanecen inmóviles.

-No me encontrarás, vivo en todos los lugares- vuelve a hablar aquella voz.

-Tu cuerpo es lo que me interesa- le dice él con rabia, para después acercarse al grupo con cuidado de no romper el círculo de sal del suelo. Coge al más cercano de ellos y ante los ojos de los demás le hunde su boca en el brazo, sorbiéndole toda la sangre en segundos. Ninguno hace ademán de moverse, aunque una de las chicas cierra los ojos, aterrorizada. De nuevo el desconocido agarra a otro de ellos y le arranca el brazo de un tirón, manchándose la gabardina. La mujer más joven llora, aunque permanece inmóvil. A ella le agarra de los cabellos mientras desliza la mano derecha por su cuerpo, sin perder de vista a la mujer negra.

-Tus mujeres y tus hombres ahora me pertenecen, su sangre se vierte en mi nombre, sus vidas desaparecen en mí-. Hunde la mano en el vientre desnudo de la chica, la cual por el dolor se desmaya y cae al suelo.

Y así prosigue el extraño, cada acto más atroz que el anterior, hasta que tan solo queda en pie la mujer negra, sosteniendo aún el pequeño bonsái.

-¿Lo has disfrutado? Nada puede pararme, ya no- amenaza él.

-Inténtalo- le reta ella.

Agarra de los brazos a la sacerdotisa y la tumba en el suelo en una exhalación. La maceta del bonsái choca contra el centro del círculo de sal, dejando la tierra desperdigada bajo el negro cuerpo.

Le arranca de un tirón el velo que cubría parte de su cuerpo. -Sé que puedes sentir lo que ocurre en los cuerpos de tus hijos. Te daré algo en que pensar…

———————————

El cuerpo sin vida de Mickey es encontrado el día siguiente, por un indigente que dormía entre cartones muy cerca de donde todo pasó. No queda rastro de sangre en el cadáver, cuyo rostro se quedó fijo en la máxima expresión del horror. Y una nota, escrita en la pared, muy cerca de él: *"Preparaos para la tribulación, la guerra empieza hoy"*.

Los patriarcas del caos

Surgen del albor del tiempo,

portadores de caos y olvido,

son los patriarcas del Viejo Mundo.

Capítulo 1

El Pasado

"Nunca confíes en nada que esté más allá de tu mano."
Evan Trussoni, ex Navy Seal.

28 de agosto del 2033

Nueva Babilonia

El capataz de la obra se aleja del grupo y otea a su alrededor, para estar seguro de que nadie está atento a sus pasos. Saca su móvil con disimulo y vuelve a mirar alrededor. - Hoy, 28 de agosto, hemos encontrado algo. No sé lo que es, quizás sea lo que estuvieron buscando ellos aquí. Ha sido accidental, y un hombre ha quedado mal herido, espero instrucciones-. El capataz Joseph Snow concluye el archivo de audio y lo envía, justo antes de percibir los pasos de alguien aproximarse. Esconde su móvil con un ágil movimiento. Contempla preocupado cómo se acercan los mercenarios del "Grupo Origen". Saca los planos de la obra y simula estudiarlos. Algunos de los centinelas a sueldo parecen estar tensos, sosteniendo sus fusiles en alto. Otros revisan su uniforme azul. Puede escuchar algunos retazos de conversaciones entre ellos según se aproximan: - Los señores de la guerra, cada vez se aventuran más cerca. Nos pagan bien, pero no lo suficiente como para hacer de patos de tiro- le oye decir al más joven.

Joseph levanta el plano para quitar la arena que se acumula sobre el papel. Con un bolígrafo marca una X en el sótano diez, donde ocurrió el accidente de perforación. Uno de los mercenarios se acerca y le echa un vistazo al capataz -¿Todo bien?- le pregunta el soldado Garland.

-Sin ningún problema- le contesta Joseph.

El mercenario lo mira con desprecio, de arriba abajo, y prosigue -el director del proyecto está a quince minutos.

-Todo estará listo.

Cuando el mercenario se gira, Joseph no puede evitar fijarse en el logo estampado en el chaleco azul. "*Grupo Origen*". Un torrente de odio sube por su estómago, y por unos instantes, recuerdos del pasado lo asaltan: "*Una tienda blanca, con una gran cruz roja en su techo, arde en grandes llamaradas. Se escuchan los gritos de dolor y pánico en su interior, de los heridos que ayudaba a tratar. Joseph intenta, en vano, entrar. Alguien se lo impide y le golpea con la culata de un fusil plateado. Ya en el suelo, advierte un segundo ataque, rueda por el suelo, esquivando el golpe dirigido a su cabeza. Atisba al tipo que le ataca, lleva un turbante puesto, también puede entrever un uniforme azul oculto bajo la túnica. Éste le apunta con el fusil. Alguien se tira sobre su agresor, hundiéndole un cuchillo varias veces en el cuello con rabia. Joseph Snow se levanta y le quita el fusil al enemigo mientras este cae de rodillas, superado por las heridas, con sus ojos inyectados de miedo, sabedores de su propia muerte. Al observar alrededor, Snow ve arder el resto de las tiendas del campamento humanitario.*

- ¡CONNOR!- comienza a gritar perdiendo el control.

Otro de los voluntarios pasa corriendo a su lado y Joseph lo detiene agarrándolo por sus ropas, casi enfebrecido por la locura.

-¿Y mi hermano, el médico?

El hombre señala una de las tiendas en llamas. -El médico está dentro. Huye, o tú también morirás. Podemos escapar, estamos a tiempo-dijo el voluntario, poniéndose a correr frenético.

Joseph corre hacia la tienda en llamas, -¡Connor Snow!-. Mientras grita, un refugiado con una pistola es abatido cerca de él. Snow atina a tirarse al suelo a tiempo de evitar una segunda ráfaga. En ese momento aparecen dos soldados con cascos azules en un jeep y empiezan a disparar contra los asaltantes. Snow aprovecha para seguir adelante.

En el suelo hay un fusil, que Joseph recoge. Se pone a esprintar hacia la tienda-hospital. Una vez allí, ve a su hermano saliendo de ella con un torniquete en la pierna.

- ¡Connor!-. Grita desquiciado al ver a su hermano en el suelo. Llega hasta él y le ayuda a apoyarse en su hombro. -!Vámonos, no tenemos tiempo!- Le ordena en un intento de salvarle la vida.

-Vienen a por mí, quieren mi diario- dice el herido, con la voz entrecortada.

-¿Por qué?- le pregunta mientras trata de levantarlo sin llegar a entender por qué alguien iba a querer matarlo por un diario.

-He descubierto algo que podría cambiar el mundo-. El doctor se mira el pecho, donde ha surgido un agujero sanguinolento. Joseph ve a lo lejos a un hombre apuntando con un fusil de francotirador hacia ellos. -Hermano- dice en un susurro desgarrador el doctor, justo antes de librarse de Joseph en un último esfuerzo, empujándolo. Una fracción de segundo más tarde, un segundo proyectil impacta en la cabeza del doctor Connor.

-¡Nooooo!- Joseph, perdiendo el control, dispara hacia el asesino de su hermano. El francotirador se lanza contra unas cajas para protegerse. Joseph dispara hasta vaciar el cargador, fuera de

sí. Un disparo le alcanza el estómago y del impacto cae al suelo. Se queda allí tumbado hasta que alguien tira de él y lo levanta a duras penas.

-Vámonos Joseph- ordena una voz desconocida.

-¿Quién eres?- pregunta Joseph aturdido.

Un hombre de ojos extraños, le ayuda a avanzar entre las tiendas, empujándolo, obligándolo a seguir adelante. -Chico, a partir de aquí tienes que seguir solo.

-¿Por qué me ayudas?

-Sal de aquí- dice alejándose tras dejarlo junto a un jeep de la ONU con dos cascos azules acribillados.

Un cooperante que intenta huir llega hasta él y se sube en el asiento del conductor -Vámonos-. Pone en marcha el vehículo y acelera, alejándose del campamento. Un tiro impacta en el cristal retrovisor. -Nos siguen.

Snow mira hacia atrás, y ve otro jeep, con el francotirador de pie en la parte de carga, apuntando en su dirección.

-¿A dónde vamos?- pregunta Snow tapándose la herida del estómago.

-Hacia los acantilados.

-Ahí no tendremos escapatoria.

-No tenemos opción. Hay enemigos en todas partes.

A cien metros, Snow ve el acantilado. -¿Qué vas a hacer? -pregunta al agachar la cabeza en un intento de evitar los disparos que pasan rozando el vehículo.

El conductor, un enfermero del campamento, cae sobre el volante con un tiro en la nuca. Joseph no tiene tiempo para hacer nada, tan solo abrir la puerta y dejarse caer mientras el jeep salta por los aires y se estrella contra el agua de un pequeño río. Queda agarrado al saliente de un acantilado, tratando de aguantar el dolor de su herida, aferrándose a la vida. Puede escuchar como el jeep del francotirador se detiene y, a duras penas, puede ver como el asesino de su hermano observa el vehículo siniestrado.

Otro hombre se acerca y e informa al francotirador -Petrenko, misión cumplida, tenemos el objeto y Connor Snow está muerto.

-Perfecto- responde con acento ruso. "

Joseph vuelve en sí, sometido aún por el recuerdo. Siente los latidos acelerados en su pecho, e intentando aparentar normalidad, se pone su casco de obra y se limpia el sudor de la frente. Ya tiene los cuarenta años, y su pelo está encanecido por una vida dura, en la que cuenta con una clara misión de venganza. Su cuerpo de toro, labrado con el duro trabajo, y su pasado de pequeño delincuente, le facilitan el camino. Aunque en ocasiones no logra disimular sus ojos tristes, melancólicos. Ya lleva dos años en aquel desierto, trabajando para "Industrias Svolen" en el proyecto internacional "Nueva Babilonia". Un intento por construir lo que sería la nueva capital mundial en tierras donde en un tiempo se alzó Irak, la cual después de la Tercera Guerra del Golfo carecía de dueño, ya que quedó arrasada. O así era hasta que el Grupo Svolen y su filial militar se adjudicaron el lugar.

Joseph está muy preocupado, ya que conoce el modo de proceder de los agentes del "Grupo Origen". Los de azul, como los llaman los obreros por sus uniformes azules de combate, son los encargados de la seguridad de toda la incipiente ciudad. Ahora el accidente que tenían entre manos los ponía a él y a su pequeña cuadrilla en riesgo de muerte. En estos pensamientos anda, cuando uno de los hombres a su cargo se acerca a él bajo el sofocante sol.

-¿Quieres un cigarrillo?- dice el recién llegado pasándole una cajetilla de la marca "*Oso Ruso*". Apartándose el sudor de la frente lanza una mirada a los dos soldados de Origen.

-Andy está muy mal, es posible que no sobreviva- dice Joseph, con la voz quebrada por la sed, o eso pensó su interlocutor.

-Lo sé, Joseph.

-Si quieres te daré unos días libres, para que estés con él.

-Gracias jefe- le responde con agradecimiento.

-Neil, sé que eres un buen amigo de Andy y quiero que me tengas informado de cómo evoluciona- dice encendiéndose el cigarro.

-¿Qué crees que pasará cuando el director de proyecto vea el objeto?- pregunta mirando hacia el profundo hoyo que hay frente a ellos.

-No es cosa nuestra saberlo- advierte Joseph con cautela.

-Quizás- responde Neil alzando los ojos al cielo anaranjado, donde reina el sol asfixiante, quemando sus espaldas doce horas al día. -La verdad Joseph, es que estoy cansado de este calor infernal y todo lo demás.

-Piensa en tu familia en Canadá, lo bien que les viene el dinero, estamos en la mayor crisis mundial.

-No es fácil, aun así soy fuerte. Por mi hijo Dorne y mi hermano John- dice Neil sacando una foto de su casco. Durante unos minutos permanecen juntos, en silencio.

-El resto del equipo... están muy inquietos, igual que tú- observa Neil para así continuar la conversación, tras captar la atención del capataz, prosigue -nunca te hemos visto así, y sé que no es por Andy, en peores situaciones has conservado la calma, ¡joder!, si eres el más fuerte de los que estamos aquí.

-No sé de qué hablas- le responde con aplomo el capataz.

-Yo creo que sí- le dice Neil, guardando de nuevo la foto en su casco. Le lanza una mirada inquisitiva.

-Tiene que ver, con mi pasado Neil… es mejor no meterse en mi cabeza- sentencia Joseph.

-Entiendo, pero no me gusta nada.

Le da una última calada al cigarro y lo tira al suelo para pisarlo. Después dirige una mirada al socavón y observa unos instantes el fulgor verde, que ilumina una de las zonas más profundas.

-Sea lo que sea, no permitiré que caiga nadie más…- susurra al viento.

Neil se aleja con paso firme.

El Mundo

Tokio

Estaba allí, sentado en un restaurante de sushi. Su acompañante comía sin parar, a pesar de su sobrepeso. -No vas a durar mucho si sigues comiendo así Takashi.

-Mi vida será corta, me guste o no, tú no tienes que preocuparte. Así que disfruto de los placeres de la vida– dijo metiéndose un sushi de salmón en la boca.

-Te he convocado, porque voy a hacer un viaje- le informó sin dar muchas vueltas a la conversación.

-¿A dónde vamos, señor L?- preguntó dando un trago de sake para facilitar el descenso de la comida por su garganta y soltando los palillos. Fuera del restaurante, la lluvia arreciaba con fuerza, provocando un repiqueteo insistente.

-Me voy a Estados Unidos- le respondió L, esperando la reacción de su bajito compañero de mesa.

El hombre gordo se quedó quieto unos instantes, y suspiró -mi familia te ha servido fiel, durante mucho tiempo, y lo mismo harán mis hijos y los hijos de estos- tras decir esto alzó la mirada para cruzarla con los ojos esquivos de su alto señor.

-Libero de esa obligación a tu familia, Takashi- le indicó L tras desviar la mirada al exterior.

-¿Señor L? ¿Le he fallado en mi cometido?

-No Takashi, lo has hecho muy bien, solo que ahora el destino se bifurca. Cuando me vaya, sigue al pie de la letra el protocolo que encontrarás en el cajón de mi mesa, es mi última orden.

-¡¿Por qué, Señor L?!- exclamó Takashi soltando los palillos en la mesa. Volvió a la mirada de los ojos plata de su señor, no entendía que pasaba. Vio como éste se levantaba con su delgado cuerpo de dos metros de altura. Takashi sintió miedo por su marcha.

-Todo comienza, Takashi. Algo grande está pasando y nada volverá a ser igual. Has sido sirviente toda tu vida, ahora yo te he elegido para que seas un líder, aquí en Tokio.

-Señor L, es un honor- manifestó solemne.

-No des las gracias, la labor que te encomiendo será la más dura que haya llevado alguien en tu familia en el último milenio.

-No entiendo-. Takashi hizo ademán de levantarse, pero su alto amigo lo detuvo con un movimiento de mano.

-Antes de lo que crees lo entenderás, pronto la marea de

muerte llegará. Tienes que detenerla- sentenció L alejándose de la mesa.

-Cumpliré-. Takashi quedó pensativo poco consiente de lo que abarcaban las palabras del señor L.

-Lo sé, Takashi-. Se detuvo un segundo antes de salir por la puerta -Una última cosa, emprende acciones contra industrias Svolen, es un enemigo peligroso. Sin esperar respuesta, el gigante se alejó de la mesa. Salió a la calle, allí miró la lluvia. -La marea ha comenzado. Lo noto en el viento- dice para sí mismo. -Ya lo tengo todo preparado, no me queda nada pendiente. ¿Dónde será la reunión?- preguntó a la lluvia, y como si esta respondiera, prosiguió -Muy bien iré a Las Vegas, cogeré mi jet privado, hace mucho que no estoy en Estados Unidos. Aunque siempre lo consideré mi hogar.

Capítulo 2

La Bóveda

"Los héroes siempre acaban muertos."
William Svolen.

Neil Wood sigue con la mirada al capataz y ve como se apoya en la mesa de planos. *"Aquí pasa algo, aunque no soy capaz de saber qué"*,piensa. Es muy mala, la corazonada que tiene Neil. Vuelve a sacar un momento la foto de su hijo. En ella se ve un adolescente moreno, vestido con el equipamiento blanco de un equipo de fútbol. -Dorne hijo mío, espero que estés bien-. Neil guarda la foto de nuevo y regresa a la viga, donde minutos antes había estado hablando con el resto del equipo.

-Andy estaba muy mal cuando se lo llevaron, espero que salga de esta- dice el más joven del grupo encendiendo un cigarro y devolviéndole el encendedor al sueco.

-Yo también lo espero, pero seamos realistas, la esquirla de diamante le alcanzó de lleno, pocos podrían sobrevivir a eso-

sentencia el sueco guardando el mechero y atusándose la barba.

-Yo creo que algo tan duro como para romper una punta de diamante debe de valer una fortuna- comenta Billy. Todos callan al llegar Neil.

-Pasa algo más, me preocupa, deberíamos de estar alerta- les advierte Neil a los seis hombres.

-Puesto que dices eso, ¿sabes algo más?- salta Billy.

-Ya habéis visto a Joseph, nunca le he percibido así de tenso puede que... Y ya sabéis cómo es él- admite Neil.

Los otros asienten. -Quizás sea por los rumores- responde Billy quien mira alrededor cómplice. Cuando se asegura de que no hay nadie alrededor, asiente.

-¿Qué rumores?- pregunta Neil, con una mirada fulminante. Él nunca tolera las habladurías sobre su mejor amigo.

-"Los de Azul". ¿No habéis oído como trabajan con los temas de antigüedades y cosas de esas?- continúa Billy.

-Yo algo he escuchado. Mi primo estuvo presente cuando asaltaron el museo iraquí matando a varios marines, para después saquearlo y desaparecer- cuenta al grupo Jasón, el operario de la excavadora.

-Tu primo fuma setas. Si eso fuera verdad, el gobierno norteamericano hace tiempo hubiera ido a por esa gente- le interrumpe el sueco.

-No sé. Supongo que hay mucho dinero de por medio. Ya sabéis que el "Grupo Origen" es la filial militar de Industrias Svolen- dice Carl, quien había estado en silencio todo el tiempo.

-Y son ellos quienes suministran armamento al ejército- añade Billy.

Neil se detiene y lo observa un segundo- dejemos las conspiraciones, solo digo que estéis atentos, porque algo más ocurre… y no sé el qué, me atrevo a pensar que Joseph sabe algo.

Billy se ajusta el casco, comprueba que su martillo está en el cinturón de herramientas, después escupe al suelo y sonríe. -Yo estoy preparado para lo que venga- dice al fin con resolución.

Neil se separa del grupo. Nota un silbido, parece provenir de un objeto que lo llama con un fulgor verde desde las profundidades de la obra. Se acerca al socavón y empieza a descender por el precario andamiaje. La frágil estructura de andamios está anclada a las paredes del profundo foso que bordea toda la excavación. Muchas tablas y cuerdas ajustan el camino. Mientras lo desciende dirige una última mirada hacia Joseph, y nota como este se la devuelve mientras se aleja junto a un soldado hacia la puerta de la obra. Se desplaza con agilidad a través del lioso entramado de cuerdas y andamios. Tiene esa facilidad desde pequeño, según su abuelo, por la sangre india que corre por sus venas. Una sensación extraña se acrecienta en su interior, invadiendo su consciencia. Por un instante cree ver a un chacal de blanco pelaje. Le parece que le enseña los dientes, amenazador. *"Tan solo es mi imaginación"*, piensa para sí. La sensación es persistente y va en aumento a medida que Neil se acerca. De repente, capta movimiento arriba, comprueba que se trata de la cuadrilla que empieza a descender. Termina el descenso con grandes zancadas, ganando mucho tiempo con ello. El resplandor verde lo ciega, aún así se acerca. Toca el objeto y lo acaricia con su mano. La superficie, similar al jade, parece darle corriente, su piel se eriza y siente su cuerpo temblar, igual que lo haría si le apuntaran con un arma a la cabeza. La luz verde lo envuelve, similar a un vapor tóxico, parece entrar en su cuerpo por sus fosas nasales.

-No logro entender nada- se dice para sí en voz baja. De repente, le asalta una imagen de cientos de manos arañando una pared. Manos ensangrentadas, muchas de ellas corroídas, casi convertidas en muñones. Fue un instante, lo suficiente para que se le hiele la sangre y suelte una arcada. Cuando los demás llegan hasta él, lo miran extrañados. Cogen una lona para escombros y con ella tapan el objeto, desconocedores de lo que le ocurre a Neil, que los observa con ojos de loco apoyado en una viga, sin ayudarlos…

Él mira al chacal, quien le muestra sus afilados colmillos. -¿Qué me pasa?- se pregunta confuso en voz alta. Minutos después, la sensación se desvanece y con ella, el chacal blanco. -Qué extraño…

Billy se acerca y le pone la mano con gesto amigable en el hombro. -¿Tío estas bien, quieres agua?

Neil vuelve en sí y le mira sorprendido -sí, estoy bien, es este sol intenso, que a veces me afecta más de lo que pienso- le responde dándole unos toques en el brazo al obrero.

-El director va llegando. Quítate esa mirada perdida y apresúrate- le advierte Billy mientras se dirige a reunirse con los demás obreros.

Neil le sigue. -Sí, claro-. Neil abre su cantimplora, y tira el contenido sobre su cabeza para refrescarse. -Ciertamente refrescante- le dice a Billy, quien mira hacia el andamiaje. -Ese fulgor era hipnótico- admite.

-¿Qué fulgor Neil?- le responde Billy buscando alrededor. Sin llegar a encontrar ningún "fulgor", le devuelve la mirada a Neil conciliador.

-El que salía de la piedra al contacto con el sol, casi parece un vapor más que un brillo. Se veía antes de que pusierais la lona.

-No sé de qué hablas, ¿no te habrás tomado algo?- le dice

Billy inquisitivo.

Neil mira a la lona y nota el fulgor bajo ella -¿acaso no le viste?

Billy mira a Neil como si estuviera loco -yo que tú me echaría un poco más de agua en la cabeza, el calor te está afectando de verdad tío-. El neoyorquino regresa con el resto de la cuadrilla.

Mientras tanto en la entrada a la obra, Joseph observa el jeep escolta que acompaña a una limusina blanca. En el jeep van dos soldados, uno de ellos con su fusil, asomando por la ventana. Snow, con las manos en el interior del bolsillo cierra sus puños con fuerza y sus músculos se tensan. Ambos vehículos se detienen ante él, saca las manos del bolsillo y espera a que el director del proyecto Nueva Babilonia salga de la limusina.

Al abrirse la puerta, surge de su interior un hombre con un traje de ejecutivo blanco, unas gafas de sol y con el pelo repeinado hacia atrás, con exceso de gomina. A Joseph no se le pasa por alto que el director se comporta igual una estrella de cine.

El mundo

El Cairo, Egipto

Allí estaba él, estudiando con delicada minuciosidad los jeroglíficos de la gran sala. Sus ojos plata y su pelo color oro lo delataban como algo inhumano, por eso aprovechó la soledad para ir al corazón de las catacumbas secretas. -¿Dónde estás?- hablaba consigo mismo, estudiando con detalle cada rincón de los antiguos jeroglíficos egipcios, que poblaban las paredes. -Seguro que está escrito en alguna parte, no te escondiste del todo, no dejarías a tus hijos a merced de tus enemigos-. La luz del candelabro palpitó, a punto de apagarse. -¿Qué haces aquí?, ¡Déjame con mi búsqueda!- dijo sin apartar la mirada de los dibujos de otra época. -¿Ya es la hora? Creía que aún quedarían algunos milenios-. Se apartó de la pared y miró a un punto fijo en la sala. -Así que él ordena que vayamos, ¿acaso no recuerda que estuvimos en bandos distintos?, no tiene potestad para darme ordenes, ni él, ni tú. ¿Ella va a ir? Tú tienes que saber dónde está. Dile a tu venerado chacal que iré, y quiero respuestas. ¿Que qué hago? Lo mismo desde que esa zorra se fue, buscarle para acabar con ella y liberarnos del pacto, tú deberías de estar de mi lado. Por su culpa estamos indefensos ante ellos.

Se viró y recogió su bolsa de piel -¿dónde es eso? ¿En Estados

Unidos? pues sigo igual. No sé de qué me hablas. Trátame con más respeto. Estaré allí, como prometimos todos. A diferencia de muchos, yo no olvido-. Se miró la túnica media deshecha por los siglos, y de un tirón se la quitó, dejando al descubierto su cuerpo desnudo marcado por numerosas y profundas cicatrices. -Háblame del mundo exterior, la última vez que salí parecía el apocalipsis, con todos esos cadáveres por las calles. Entiendo, un sinfín de maravillas- dijo con marcado sarcasmo.

Cerró los ojos y la piel de su cuerpo tembló unos segundos. -Estoy desentrenado, no te hagas el gracioso-. Volvió a cerrar los ojos y su cuerpo se trasformó en arena flotante en el aire espeso, y ascendió hasta el techo, colándose con rapidez por las pequeñas rendijas de la roca. Fue ascendiendo por los sedimentos hasta alcanzar la superficie, y allí fue tomando forma. Una vez hubo recuperado su aspecto, observó la gran pirámide. Tras él, escuchó unas voces sorprendidas. Vio a una pareja, un hombre y una mujer con ropas coloridas, ella sostenía en alto un objeto metálico con una lente de cristal.

-Perdonad mi falta de decencia, hace siglos que solo salgo para alimentar mi cuerpo. Estoy algo débil y necesito vuestra ayuda

-¿Está usted bien?- respondió el hombre atónito.

-Ahora estaré mejor…

Minutos después, se vistió con las ropas del hombre, unas prendas que se le antojaban extrañas e incómodas, además de considerarlas de mal gusto. Una camisa roja con un estampado de flores blancas, y unos pantalones cortos azul celeste. Emprendió la marcha y descubrió carruajes metálicos que avanzaban sin caballos y personas extrañas que hablaban en lenguas que, aunque nunca las había oído, podía entenderlas. Pero lo que más le sorprendió fue un gran pájaro de metal que surcaba los cielos.

-Dime chico, ¿cómo hago para llegar a tus Estados Unidos?- pregunta al vacío.

Capítulo 3

El Vanidoso

**"No importa cuán grande o fuerte seas.
Al final los que corren más, sobreviven."
Dave Stone.**

Dave Stone disfruta con calma del aire fresco en su limusina, acompañado por una segunda copa de *Jack Daniels*. Le gusta la avenida por la que transita, el mismo diseño en cada rincón. Eligió personalmente cada palmera y fuente, al más puro estilo de Miami. Le gusta sobre todo porque cuando pasa por ahí olvida que se encuentra al otro lado del mundo. En otros tiempos aquel desierto, en el que se estaba construyendo Nueva Babilonia, era llamado hogar de los muertos, él sabe por qué, por su asfixiante sol. Él es el director de aquel ambicioso proyecto, que en palabras del propio William Svolen es *"la nueva frontera"* para el ser humano. Es ante todo un trabajo titánico, nada más y nada menos que construir una ciudad desde cero. El plan, en un principio, es sencillo. Construir el centro del mundo futuro y llamarlo Nueva Babilonia, y él es el elegido como guardián del sueño de la multinacional Svolen. Por su mesa pasa todo, desde la decoración hasta las leyes internas de la ciudad-estado, pasando por la gestión de todo tipo de recursos. Es el chico del jefe, por su genial idea de construir una ciudad que vista desde el espacio parezca una flor de loto, con trece pétalos.

Ahora Dave descansa en su limusina, e intenta relajarse con las vistas que ofrece la avenida. Trata de no pensar en todo lo que queda por construir. Lo único que le estropea la vista son los cientos de camiones de retirada de arena transitando por los cuatro carriles derechos de la avenida. -No es fácil deshacerse de la arena cuando estás en medio de un jodido desierto- dice para sí. Su Jack Daniels se termina casi sin darse cuenta, así que se apura a servirse la tercera copa fría y examina hastiado a su ayudante.

-¡Tú! ¿Cómo te llamabas?... Jud...Jod- le dice Dave sin darle importancia

-Tod Masters, señor- responde el ayudante, quien aparta la mirada del ipad, y se ajusta las gafas intentando aparentar ser mayor, logrando todo lo contrario. No tiene más de veinte años.

-¿Qué eres, un becario o algo así?- dice divertido por la cara de agobio del joven, quien intenta concentrarse.

-Sí, Stone. Soy el becario del British Business School.

-¿Sabes cuántos ayudantes me he merendado en seis meses?-

Refunfuña enarcando una ceja.

-¿Cinco, señor?

-Muy bien chico, pues te lo diré fácil: si sigues haciendo tanto ruido, pronto tendré el séptimo, ¿entiendes?- le informa Dave. Después toma un largo sorbo de su copa y mira por la ventana.

-Sí… sí, señor- responde nervioso Tod, recolocándose las gafas una vez más.

Dave se decide a sacar su móvil de última generación, y con una sonrisa rebusca en su agenda. Mientras lo hace, Tod advierte la falsedad que puede ver tras el maquillaje de su cara, aquella simple sonrisa está calculada al milímetro, no le cabe duda de ello. Stone marca uno de sus contactos y espera unos segundos. -Sheryl, cariño ¿sabes qué?- suspira -quiero decirte cosas guarras, lo malo es que tengo menores delante-. Mira a Tod y le dedica un guiño. -Claro que sí, después te veré. Vente a mi chalé del Distrito Uno, haremos muchas cosas malas- sonríe, curvando el lado derecho de la boca. -A las veintitrés, y nena, esta noche no te pongas ropa interior, o si lo haces que sea comestible-. Levanta el puño y alza el dedo pulgar -Hasta luego, guarrilla- cuelga el teléfono.

-Tod, apunta en la agenda que esta noche no molestar, ¿Ok?- le ordena la becario mirando unas fotos de su móvil. -Estoy inspirado.

-Sí, está hecho-.

El interfono con el conductor se enciende. -Señor Stone, en tres minutos llegamos a las obras del Rascacielos Smith.

-Excelente- responde Dave

El alto ejecutivo saca su espejo de mano y se observa a sí mismo, estudiando cada diente de su perfecta sonrisa. -¿Sabes Tod? Te voy a dar un consejo, el mejor que jamás hayas recibido, este es el secreto de mi éxito-. Tod deja de escribir y lo observa -Escucha con atención-.l El Joven becario asiente con la cabeza. -Una dentadura perfecta e ideal. La gente confía en un tipo con los dientes limpios y de sonrisa blanca. Ellos piensan, que cómo un tipo con una boca así les va a mentir, sobre esto o aquello. Saben que tienen que confiar en alguien que puede mostrarles una buena sonrisa. No lo olvides chico- al acabar, Dave toma un último trago de su copa y se pone sus gafas de sol. -Una buena sonrisa, solo eso. Nada de títulos universitarios ni planes de marketing- le dedica una vaga sonrisa y procede a cambiar dráticamente de tema, continuando con su monólogo -una autoridad como yo no puede perder el tiempo en desplazamientos, así sin explicaciones. Por culpa de un capataz, que no es capaz de expresar lo que ocurre-. Se pasa la mano por su pelo, repeinado hacia atrás con un bote entero de gomina. -¿Cómo puede un tipo de veinte pavos la hora, hacerme perder el tiempo así? ¿no lo piensas así, chico?

-Sí, tiene usted toda la razón- responde Tod po reflejo.

-Más le vale que sea importante, porque si no lo mando a su casa en un *tris*, porque yo no soy cualquiera. Chico como te llames, no soy ni como él, ni como tú, ¿entiendes?- dice con desdén mientras echa un vistazo con expresión despectiva a los hombres que le esperan. Son dos soldados de azul, y el capataz con su chaleco naranja. Al salir de la limusina, les dedica una sonrisa y se coloca su casco gris, donde puede leerse en letras rojas Dir. Stone.

Joseph se acerca y le aprieta la mano con fuerza -bienvenido señor director, soy Joseph Snow y hay algo que debe de ver con sus propios ojos. Solo los presentes lo han visto, además de mi cuadrilla de trabajo, quienes esperan ansiosos sus órdenes para proceder como desee.

-¿De qué hablas? ¡Y sé conciso!- ordena poniendo su mano en el hombro del curtido capataz Snow.

-Bajemos y lo comprenderá.

El grupo de hombres emprende el descenso por el andamiaje, a través de un entramado de escaleras atadas con cuerdas y tablones, a modo de pasarelas. Mientras descienden, Snow comienza a explicar lo sucedido. -Señor, cuando cumplíamos con la extracción de arena del que sería el sótano diez, nos topamos con algo.

Cuanto más profundidad alcanzan, más calor sufre la pequeña comitiva. Y tanto es así que el ejecutivo y su asistente se ven obligados a detenerse en varias ocasiones, para poder coger aire y dar un sorbo al agua que porta el escolta de Stone.

-Sufrimos una explosión- prosigue Snow -y la perforadora LT-S con punta de diamante se fragmentó. Como resultado, varias esquirlas salieron por los aires, alcanzando a uno de mis hombres hiriéndolo de gravedad. Por lo que sabemos, se encontró con un material más duro-.

Dave se limpia el sudor de su cara con un pañuelo rojo carmín. -¿Más duro que el diamante? Creía que era imposible- afirma.

-Sí señor, y lo es- admite Snow -es una gran losa circular de seis metros que está hecha con algo parecido al jade, posee un brillo extraño. Al entrar en contacto con el sol, surge casi cegadora una luz verdosa... Parece una puerta.

-¿Quieres decir, que hemos dado con un yacimiento histórico?- inquiere Stone pensando en los beneficios y costes que implica.

-Podría ser- aclara conciso Snow.

Uno de los soldados continúa con el relato -cuando llegamos pudimos apreciar unos relieves, me recuerdan a los símbolos de una pirámide maya que vi en una ocasión, señor, aunque yo no vi esa luz cegadora que dice el capataz.

-¿Mayas en Irak?- pregunta escéptico Stone, rascándose una mano por la urticaria que está brotando en su mano a causa del calor.

-No sé, podría- responde el soldado cuidando donde pisa en el andamiaje.

Durante el descenso, Tod pisa mal uno de los tablones que baila bajo sus pies, y su bolso cae al abismo. Está a punto de seguirle en su precipitada caída cuando uno de los soldados le agarra de la camisa en el último momento. Quince segundos después se escucha el impacto del bolso contra el suelo.

-¡Cuidado ahí arriba, casi nos dais!- vocifera Billy furioso desde lo más hondo de la obra. El ayudante se reincorpora, tembloroso y con la cara pálida.

Joseph Snow continúa su expliación -como le iba diciendo, el objeto parece una puerta. Podría ser una entrada, ¿quizás a una tumba milenaria?

Dave se siente eufórico, sabe cómo el dueño del imperio Svolen persigue ese tipo de cosas por todo el mundo, sin duda ganará puntos ante el magnate.-Ya veremos- responde intentando disimular sus pensamientos.Cuando alcanzan el suelo, Tod va corriendo, aún tembloroso, a por el bolso. Allí se detiene en seco justo antes de recoger las cosas, al ver aquel objeto olvidando por el tiempo. Neil Wood sostiene junto a Billy una tela en alto, para evitar que el sol se refleje sobre aquel material. Todos los presentes observan el objeto redondo semienterrado, de unos tres metros de ancho, prestando especial atención a las calaveras y demás símbolos, sin comprender muy bien qué es lo que tienen delante. Dave y Tod se muestran sorprendidos, quizás inquietos, como el propio capataz al recibirles.

-Vosotros mantened en alto la carpa- ordena Stone, sacando varias fotos con su móvil, para inmediatamente enviarlas en un correo a la atención de William Svolen. Tras darle a enviar, mira a los obreros -¡Abridlo ya obreros!- dice sonriente.

-¡Ya habéis oído al director, vosotros cuatro, arrastrad el objeto!- ordena el capataz Snow.

Los cuatro fornidos hombres emprenden la dura tarea de arrastrar el monumental círculo. Mientras lo hacen pueden escuchar resquebrajarse la roca, quizás deteriorada por el duro impacto de la LT-S. Se escucha un gran estruendo, y una humareda densa oculta a los cuatro hombres. Joseph puede apreciar, en un último segundo, como Neil se hunde junto a algunos fragmentos. Corre y agarra a Billy de la pierna, que está a punto de seguir a Neil. La humareda también los cubre a ambos. Cuando al fin esta desaparece, todos ven un gran boquete. Billy cuelga en el aire, sujeto por la pierna, Joseph aferrado lo sostiene a duras penas. Otro de los hombres se acerca y junto a Joseph ayuda a Billy a salir del apuro. Ya una vez repuesto, el capataz se acerca a la obertura intenta otear el interior, dentro no logra ver nada, por la intensa oscuridad. Saca la linterna de su cinturón y enfoca las zonas lejanas al sol, Ante él se muestran fragmentos de un pasado de horror, paralizado en el tiempo como estatuas horribles.

Cientos de cuerpos momificados, en extrañas posturas, se revelan a los ojos que se acostumbran progresivamente a la penumbra. Todos otean sorprendidos aquella escena. Los cadáveres permanecen en pie, con los brazos convertidos en muñones. Es como si hubieran intentado subir por las paredes con tal insistencia que con el solo roce acabaron cercenándose los miembros, reduciéndolos a polvo. Otras de la macabras momias, tiene trozos de carne momificada hendidas de sus bocas, y en medio de todo aquel horror, sobre un montón de cadáveres, se encuentra Neil…

El Mundo

Washington DC

Su aspecto era el de un joven de veinticinco, aunque en realidad contaba con diez más. Estaba vestido con un traje de quince mil dólares y jugueteaba con su estilográfica de seis mil. A pesar de su aparente juventud estaba ciertamente demacrado, por drogas de todo tipo que consumió años atrás. Estaba leyendo su correo y por primera vez en mucho tiempo su rostro estaba iluminado. Giró su silla de ejecutivo y miró por el ventanal del despacho, complacido y eufórico. Era consciente del hallazgo, de todo lo que suponía aquello, cientos de millones gastados en su búsqueda, años de estudio de aquellos diarios. Y ahora lo había encontrado por accidente. Su suerte iba a mejor ese año. Volvió a girarse y apretó un botón gris, momento en el que de la mesa surgieron otras cinco pantallas, y comenzó a teclear un correo electrónico:

De: William Svolen

"Estimado comandante Jacob, deseo que disponga los recursos de la base Leviatán para prestar apoyo al capitán Evan Trussoni y su Equipo Escorpión, en el desempeño de una operación de prioridad uno que es vital para mí y la corporación. Así mismo, deseo que alerte a las fuerzas de seguridad de los siete complejos defensivos de

Nueva Babilonia para que también se pongan a disposición de esta unidad de élite, y estén en todo momento alerta ante cualquier tipo de amenaza."

Tras enviar el archivo se dispuso a hacer varias llamadas.

Capítulo 4

Despertar del pasado

"No quieras comprender los secretos del Universo."
Anónimo.

-¡Neil! ¡Neil!- vocifera, desde fuera del socavón, a pleno pulmón Joseph.

Neil profiere un quejido por respuesta y luego empieza a carraspear en un vano intento de toser, intenta moverse y suelta otro quejido de dolor al tiempo que logra arrastrase unos centímetros en el montículo mullido sobre el que está. -¡Me he roto la pierna Joseph!- logra responder al reponerse de la tos, y comprobar que puede respirar a pesar del polvo que tiene en los pulmones, el cual nota por el pitido asmático de su respiración.

-¡No te muevas!- le ordena Joseph fijándose desde arriba como Neil sangra de forma copiosa sobre el improvisado colchón de momias, y puede ver varios cortes en su rostro.

Dave se acerca al borde del socavón, dirige una mirada a Joseph y al soldado que le había hablado antes. -¡Vosotros dos, bajad ahí!, usaréis el cable de la grúa.

-Señor, deberíamos esperar a los del rescate médico, eso de ahí no es seguro- dice Joseph sin perder de vista a Neil.

-Yo soy la mayor autoridad de la ciudad, si quiero que entréis, entráis. ¡Si quiero que os toméis un chupito de gasolina, lo hacéis!, ¡No me jodas capataz!- Joseph se levanta y le propina un puñetazo al desprevenido ejecutivo, que cae al suelo por la dureza del golpe. Luego se gira y vuelve a mirar por el agujero. -¡Tú, soldado!, ¿cómo te llamas?- dice levantándose Stone con el orgullo herido y la mirada llena de odio. Se plantea empujar al capataz por el agujero con su "amiguito" o pegarle un tiro.

-Simón Garland, señor- le contesta el soldado sin saber muy bien qué hacer ante el ataque inesperado del capataz.

-¿Estás de acuerdo con lo que digo?- le dedica una mirada furiosa al soldado, advirtiéndole de que ha de acertar con su respuesta.

-Total y absolutamente, señor.

-Dame tu pistola- el hombre de azul obedece sin dudar, y raudo se la entrega. Dave sostiene la pistola y apunta a Joseph. Otro de los obreros hace ademán de acercarse al ejecutivo, y este le amenaza con el arama -No tiene por qué pasar nada. Todos vamos a ser buenos trabajadores y a cumplir con nuestro cometido. Capataz, baja ahí, o te doy tu finiquito en forma de plomo- amenaza Stone.

Todos se miran entre sí sin saber qué hacer. Tan solo Joseph se decide, agarra la cuerda y comienza a descender.

-Garland, baja con él- le ordena Dave. El hombre de azul hace lo mismo que Joseph, siguiéndole.

Al tocar el suelo, Snow se acerca al pobre Neil, e inmediatamente se dispone a inmovilizarle el pie. Para ello usa un martillo y una cinta americana negra. Al mismo tiempo, Simón enfoca con su linterna las horribles momias, sin poder evitar sentir escalofríos en su nuca.

-¿Qué crees que paso aquí?- pregunta el soldado tosiendo con incomodidad por el polvo en suspensión.

-Solo ellos lo saben- responde Joseph sin quitar ojo de su labor. Por un momento, nota algo extraño, como si su imaginación le traicionara. Cree haber visto como el brazo de una de las momias del colchón de huesos bajo Neil, ha convulsionado. Con la piel de gallina, pasa el brazo de Neil sobre su hombro y lo ayuda a ir a una de las paredes, apartándolo de los cuerpos. -Amigo, tienes que aguantar, hasta que vengan los del rescate, ¿de acuerdo?

-Me duele mucho Joseph, casi preferiría que me dieras un martillazo en la cabeza y me pusieras a dormir- dice con su humor negro.

-Tranquilo buen amigo, estás mejor de lo que parece, aun tienes tu humor especial- le sonríe intentando animarlo.

-Snow venga aquí, hay como una puerta de metal, ayúdeme a abrirla-le indica el soldado de Origen.

-Joseph mira hacia la obertura superior, donde puede ver al cabrón del director, observándolos con atención -tíreme una palanca "jefe"- le pide con agresividad.

Al par de minutos, una palanca metálica con la punta curva repiquetea contra el suelo causando un sonido estridente en toda la cueva. Tras comprobar que el herido está al borde de la inconsciencia, Snow se dirige a los que esperan fuera del agujero -¡Neil no tiene mucho tiempo!-asevera en voz alta y se agacha a coger la palanca, la cual está entre las brillantes rocas de color verde. Tras cogerla, se acerca a la puerta metálica. Ambos hombres intentan forzar la puerta con todas sus fuerzas apoyando su peso sobre la palanca, logrando así abrir una rendija de varios centímetros. Un brazo embutido en un traje de goma cae sobre ellos, quienes brincan hacia atrás. Simón tropieza con sus propios pies y cae al suelo junto a su fusil. Snow tiene mejor suerte y continúa en pie, con el corazón a mil latidos por segundo. Intenta en vano coger aire, siente como la sangre brama en su cien. Se vira para observar a Neil, y entonces nota como algo sube de su estómago a la garganta, casi sin poder detenerlo. Con dificultad logra expulsar un breve chirrido con los dientes, un sonido que alerta a Simón de que algo no va bien. Este mira a la sala y entonces los ve…

Al principio vislumbran a dos. Pocos segundos después ambos advierten más movimiento en la oscuridad. Parecen surgir del montículo ensangrentado de cadáveres.

-Es imposible- se dice a sí mismo Garland. Recoge del suelo su fusil y empieza a disparar, sin saber muy bien hacia dónde. Joseph se tira al suelo cuando escucha el silbido de las balas, éstas pasan a pocos centímetros de él. Estando ya en el suelo, vislumbra un espejismo. Tres momias se abalanzan sobre Neil y un chacal de pelaje blanco le ladra al herido. Aparta la mirada y busca la cuerda. La encuentra colgada sobre el montón de cuerpos momificados que se reaniman por momentos. Quizás seis, puede que más, están en pie, avanzando pesadamente hacia él. Horrorizado, Joseph Snow no puede evitar que aquellas momias desmembraran a placer el cuerpo que una vez fue el de su amigo Neil. Es testigo de cómo esas cosas sacan sus órganos y mastican su carne, ansiosos. Puede reaccionar justo a tiempo para esquivar una de las momias, la cual se acerca peligrosamente a él. La golpea con la palanca de hierro, una y otra vez, llevado por un arrebato de histeria. Con cada golpe ve desprenderse polvo y algo parecido a la carne. Unas balas pasan muy cerca de su cabeza y escucha los gritos de Garland tras él. Aun así, no se gira para mirar, simplemente corre, esquivando a todas las momias que puede, y golpeando a las que se interponen en su camino. Con un golpe brusco, cercena lo que queda de un brazo que le agarra del peto, y justo a tiempo se agarra al cable, mientras grita desesperado -¡Izad el cable!

La cuerda comienza a subir con él agarrado con una mano. Mientras, con la otra mano, sigue golpeando a las criaturas cercanas, que intentan aferrarse a su cuerpo, ávidas de carne. Simón Garland logra zafarse del ser que le muerde con fuerza, y le vacía su cargador en el pecho. Está asustado, entre temblores tropieza y es un tiro fortuito, fruto de su torpeza, el que acaba con la momia al acertar en la cabeza. Comienza a correr hacia el cable, solo quiere salir de allí y curarse del mordisco. Sangra sin parar y el uniforme azul se humedece, manchando de rojo.

-¡Billy, corta el cable!- dice Snow mientras se agarra desesperado al brazo de Tod, que lo ayuda a incorporarse.

-¡QUÉ PASA!, ¡QUÉ DIABLOS PASA!- grita Dave con la pistola en mano.

Sin apenas tiempo para que Billy corte el cable, surge de la apertura Simón Garland. Grita de dolor, con dos momias aferradas a sus muslos devorando lo que pueden a dentelladas. El otro miembro de Origen dispara con su fusil a aquellos seres, desmembrándolos con sus proyectiles de gran velocidad. Con ello consigue que caigan otra vez por el agujero. Tod ayuda al herido Simón a tumbarse en el suelo. Segundos después este empieza a convulsionar, escupiendo sangre con un tono negruzco. Tod y Billy le sujetan hasta que para en seco de moverse. Simón cierra los ojos un segundo y Tod pone la mano en su cuello, buscando sus latidos. -No tiene latidos- afirma mirando a Dave.

Simón vuelve a abrir los ojos, que ahora están inyectados en sangre. Parece decir algo ininteligible. Agarra con fuerza el brazo de Tod, pillándolo por sorpresa, y suelta un gemido gutural, como el de un animal. Tod no puede hacer nada para evitar que Simón le muerda el brazo, hundiendo sus dientes hasta el mismo hueso. El becario grita de dolor y forcejea, aunque no consigue soltarse hasta que Simón recibe los golpes de la culata del fusil del otro mercenario. Le duele mucho, realmente le duele. Con su mano buena tapa la herida del brazo. El soldado loco le ha arrancado un trozo de carne. Joseph levanta al joven Tod y comienza a ascender hacia la salida, sin perder tiempo. Todo su cuerpo grita "sal de aquí". -¡Subid arriba!- le grita a la cuadrilla que permanece en la entrada de la tumba, y sube por el entramado de andamios, seguido de Dave y, con dificultad, de Tod.

Los otros obreros huyen por la cinta trasportadora en marcha, que se usa para la retirada de arena.

Es abrumadora la velocidad con la que ocurre todo. En cuestión de minutos ya hay tres criaturas corriendo como perros rabiosos tras los presentes. El soldado que momentos antes había golpeado a Garland, para salvar a Tod, ahora corre expulsando sangre por todo el cuerpo y profiriendo gritos guturales. tras el grupo de Snow. Tod sube algo más lento, quedando algo rezagado. Parece respirar con dificultad. El hombre de azul esprinta, babeando algo similar a una mezcla de sangre y arena negra. Sube con vehemencia las precarias escaleras, sin perderlos de vista, acortando distancias más y más.

Joseph Snow salta hacia un entramado de poleas por las que sube con más velocidad, evitando escaleras y andamios. Lanza una mirada a la cinta trasportadora, y ve cómo por ella ascienden las dos criaturas restantes, un obrero y un soldado quienes devoran a Stanley en mitad de la cinta en marcha, la cual los lleva a todos hacia arriba. Billy sube corriendo junto a John, intentando no mirar la muerte de Stanley, consciente ya de que no pueden hacer otra cosa. Dirigen una mirada a Joseph y lo ven subir por las poleas.

-John, tenemos que llegar ahí arriba o nos devoran. Podríamos intentar reunirnos con Joseph en su lado de la obra, él sabrá qué hacer.

La criatura que fue un mercenario de azul, acorta distancias con Dave y él lo sabe, no va a lograrlo. Lo único que se interpone entre el engendro y él es Tod, quien lastimado asciende con dificultad, con las lágrimas surcando su rostro. Mira las escalerillas en las que ambos se encuentran y toma su decisión. -¡Tod has sido un buen asistente!, pero estás despedido. ¡Lo siento!-Tras decírselo se detiene un segundo y le propina una patada en la cabeza, lanzando así al herido contra el monstruo. Ambos caen por la escalerilla los diez metros que les separan del andamiaje inferior. Y mientras lo hacen, el soldado muerto no pierde el tiempo en pegarle dentelladas. Tod siente cada mordisco, hasta que impacta contra el suelo. Allí, la criatura empieza a masticar su cara. Finalmente, Tod se levanta gritando, no de dolor, sino con otro de esos gritos infernales. Los dos seres miran hacia arriba fijándose en Dave, quien se encuentra a dos niveles de andamiaje más.

-Estoy jodido.

El Mundo

Perú

El jaguar correteaba por la montaña, veloz. Se detuvo al encontrar el rastro que buscaba. No tardó en seguirlo hasta una cueva, de la que salían voces en una discusión.

-Jaime no mande, yo quiero el cincuenta por ciento. Si es un tesoro tan grande habrá para los dos- decía la voz más aguda.

-Yo encontré la pista de este tesoro, yo he hecho la mayor parte del trabajo, tú solo vienes para hacer de porteador y esconder parte de esto-decía una voz con acento americano.

-Ese es un trabajo importante.

-Cualquiera puede hacerlo.

-Jodido gringo.

-Si no me equivoco, tras esta pared está el pasadizo para el templo del jaguar.

El animal se acercó despacio, como el predador que es, y se adentró en las sombras de la cueva. Una vez dentro vio a los dos hombres, uno bajito y de piel tostada por el sol, y otro moreno y alto con el torso trabajado en el gimnasio. Por su olor, el jaguar notó el nerviosismo de este último.

-Bien, ponte a taladrar.

-Vale, gringo.

El jaguar se acercó a la luz de las antorchas y los presentes le vieron. El estadounidense sacó un colgante y se lo enseñó al jaguar, que pareció sorprendido, y ante sus espectadores tomó la forma humana de una mujer de cabello blanco y ojos rojos.

-¿Cómo has encontrado eso?

-Mi padre me lo legó, y a él su padre.

-¿Y este lugareño?

-Mi ofrenda señora.

La mujer jaguar se abalanzó sobre el peruano y desgarró su carne, bebiendo la sangre que salía despedida como un chorro. Durante un rato bebió con calma, se relamió con gusto -he tomado mejores ofrendas.

-He venido, oh, mi ama, para adoraros como vuestro mensajero, y acompañaros en vuestra travesía por este mundo.

-Interesante, me gustas americano. Hace varios siglos que

nadie me adora- mira a una pared y pone gesto molesto -¿¡Qué haces aquí niño!?- observa al americano y vuelve a mirar al vacío. -Así que nuestro amigo con su descapotable convoca la reunión, ¿y a dónde he de ir? ¡a los Estados Unidos!... ahí estaré, es hora de ver viejas amistades...- vuelva a dedicar su atención al extranjero - Adorador, llévame a Las Vegas.

-Como desee mi señora.

Capítulo 5

Origen Místico

"Dios no está mirando, nos toca a nosotros."
Carl Gibson, líder de los motoristas "Ángeles del Infierno".

Es un día otoñal, el más bonito que ha visto nunca, y ese banco toma un significado especial para él, porque allí le declaró amor eterno a su novia Liz. Toda una vida que había surgido desde ese momento único y especial. Una vida juntos, un hijo en común. La verdad, está profundamente ensimismado en aquellos pensamientos y recuerdos. Así que no le presta mucha atención a lo que Liz le dice en ese instante. Después observa los árboles y queda atrapado en los movimientos hipnóticos de sus ramas por unos instantes.

"No puedo evitar sonreír, casi me había olvidado de esa sonrisa", piensa.

No tarda en reconocer que desconoce cómo había llegado al Stanley Park, en Vancouver, su amada ciudad natal.

-¿Entiendes lo que te quiero decir, mi oso?

-Sí, lo entiendo.

-¡Mentiroso! No me estás atendiendo- ella lo abraza con cariño.

Él no puede evitar sentir el cuerpo de ella frío, lo percibe de forma extraña, casi con una claridad cristalina.

Ella le coge la mano -debes de entenderlo, aún no es tarde para ti.

Al otro lado del paseo aparece un chacal blanco que se sienta a su lado. Su mente le dice que es peligroso, pero no su corazón. Intuye en lo más profundo que es de su familia, que está ahí para protegerlo y guiarlo, lo sabe muy dentro de él.

-Gatita, no puedo volver a estar junto a ti, aún no- él la aparta un instante de su lado y se observa las manos. Agradece sentir el aire que acaricia su rostro. Se pone la mano sobre la barba de varios días, ella siempre había odiado que se dejara barba. -En realidad no estamos aquí, ¿cierto?- le pregunta a ella, comenzando a comprender.

-Tienes que saber la verdad, mi oso grande y fuerte- ella lo mira de forma maternal y prosigue al ver la aceptación en sus ojos. -No te queda mucho tiempo, tu alma está en juego- se pone la mano de él sobre la boca y la besa. -El hombre blanco ha liberado una antigua oscuridad que volverá a devorar el mundo una vez más, los antiguos espíritus conocen lo que en ella mora. Sus almas ya no se pueden salvar, pero la tuya sí, mi oso.

-No puedo dejar a Dorne solo, he de regresar.

Un fuerte viento llega del norte, revelando unas criaturas que avanzan hacia él desde el paseo. Criaturas deformes similares a demonios muertos tiempo atrás.

-Tienes que trascender.

-¡No puedo, mi gatita!

-Por tus venas corre sangre Kwakiutl, al igual que en la de tus ancestros y los de estos. Tú en otro tiempo habrías sido un chamán para nuestra tribu, tu alma aún puede salvarse, no así tu cuerpo. -El chacal se levanta y comienza a tirar de la camisa del hombre. -No dejes que te arrastren con ellos a una eternidad de hambruna y desesperación- continúa la mujer espectral.

-¿Y Dorne?- dice Neil con lágrimas en los ojos.

-Él es fuerte, y tiene su espíritu protegiéndole. Está llamado a luchar por su tiempo, por nuestra gente, y lo hará. También yo le cuidaré.

-Yo quiero cuidar de él también.

-No puedes mi oso, tú has de trascender, o te unirás a la pestilencia y su coro de horror.

-Te quiero Liz, no lo soporté cuando te fuiste.

Los recuerdos asaltan su mente. Ve aquella noche como si estuviera otra vez allí. El coche empotrado contra la pared, su cuerpo en la cuneta, su mirada vacía y su rostro surcado de lágrimas. Vuelve a notar como las manos de los agentes de policía le sujetan para alejarlo del accidente. Las lágrimas surgen de sus ojos, recuperando un dolor enterrado en las profundidades de su mente.

-Cuando te fuiste, no pude superarlo- dice agarrando con fuerza las manos de su esposa muerta.

Ella mira a las criaturas, -lo sé, estuve siempre a tu lado Neil- el chacal se aleja de él. -Tienes que irte ya, se te hace tarde.

Él, abatido por la impotencia y el dolor, saca del bolsillo de su pantalón una foto. En ella un chico de quince años, de ojos negros y pelo azabache, sonríe con un balón de fútbol en sus manos. -¿Estará bien?

-Sí, mi vida.

-¿Tú no vendrás?

-Voy a cuidar de Dorne, siempre lo he hecho. ¡Vete ya!, están aquí.

La abraza por última vez, al amor de su vida. Las criaturas cada vez se mueven más rápido. Tiene que correr internándose en el bosque, siguiendo de cerca al chacal de blanco pelaje, quien se detiene para asegurarse que Neil está detrás. Poco a poco el frondoso bosque da paso a un desierto poblado por millones de tótems indios hasta donde alcanza la vista.

-¿Dónde estamos?- se pregunta a sí mismo. El chacal le responde con una voz dentro de su cabeza. -Estás en una tierra donde las ideas nacen, y los miedos se consumen, un lugar donde debes liberarte de tus cargas, y donde los míos nacemos. Los tótems representan a unos que han existido y a otros que han de venir.

Neil observa el cielo estrellado, y se da cuenta de que aquellos tótems son tan altos como el mismo firmamento. Entonces, sin previo aviso, una intensa sensación asciende desde su pie derecho arrancándole un grito de dolor.

-¿Qué me pasa?- su espíritu guardián vuelve atrás en su búsqueda y le tira de la camisa. -Están devorando tu cuerpo, no tienes tiempo, ¡debes de correr!

Neil intenta levantarse pero no puede, el dolor es muy fuerte, siente como le roen el fémur.

-Tú puedes, olvida tu cuerpo, álzate más allá- le insiste el chacal.

Neil respira profundamente y se levanta con gran esfuerzo, es como si devoraran su cuerpo a cámara lenta. El chacal, consciente de los pensamientos de Neil, le responde.

-Despójate del dolor, de la consciencia de lo material, trasciende más allá de ti mismo.

El calor va aumentando en aquel desierto, y poco a poco se va despojando de toda su ropa, descubriendo un cuerpo garabateado con líneas rojas. Marcas de guerra que él desconoce pero que le enfundan de fuerza y coraje. No sabe cuántos días lleva caminado entre los tótems, pero lo que sí sabe es cómo desgarran su muslo unas fauces que quizás habían sido humanas en otro tiempo. Continúa esquivando tótems cuando divisa en la lejanía una pirámide escalonada de color naranja, reluciente bajo aquel sol de justicia.

-Es el momento de la verdad. Es el momento de ser quien soy en realidad. Es el momento de luchar, luchar porque así soy. Ser honesto con quien fui, y admitir quien voy a ser. Asumir que dejo atrás un mundo terrenal, para formar parte de uno trascendental. Pero no puedo evitar tener miedo.

-No lo tengas, este es tu lugar.

Con renovadas fuerzas se acerca a la pirámide, y asciende por ella. Escalón a escalón va dejando atrás sus días pasados. Al mismo tiempo, le va costando más y más subir, siente su cuerpo agarrotarse.

-Es la oscuridad, adueñándose de tu cuerpo, no se lo permitas, aún estás a tiempo de lograrlo, sálvate.

Los últimos escalones los supera arrastrándose, con la piel ennegrecida, separándose del músculo, convertida en cenizas. El chacal ya no puede tocarlo, porque la oscuridad ha tomado su cuerpo, pero sigue enfundándole fuerzas con sus palabras.

Al llegar a la parte superior, ante él aparecen cuatro hombres con marcas similares en sus cuerpos y vestimentas del remoto pasado.

-Me llamo Neil Wood -los cuatro antepasados niegan con la cabeza.

-Dinos tu nombre, ese no es.

-Mi nombre es… es… *Wasechunk Dahana*- dice poniéndose en pie mientras su piel continúa desprendiéndose, para después alzar sus brazos, ignorando el inmenso dolor, ignorando las grietas en su cuerpo destrozado.

-Ya no soy Neil Wood, le verdad nunca lo fui, soy *Wasechunk Dahana*- los hombres asienten y sacan unas pipas con relieves de animales. Le ofrecen una, la cual sostiene. Lleva grabado un chacal blanco.

-Bienvenido Guardián de la Puerta, te esperábamos. Únete a tu pueblo.

Tres soles se alzan en el horizonte, y el desierto se transforma en un inmenso océano, del que sobresalen los altos tótems. Y desde la cima de la pirámide, los cinco guardianes custodian el destino, cuidándolo de la oscuridad de los fríos mundos.

El mundo

Nueva Babilonia

El camionero encendió un pitillo sonriente, "*hoy es un buen día*", pensó para sí. Palpó el sobre de su bolsillo. La calle estaba bloqueada por tanto camión y solo tenía que esperar a que los pardillos de azul desbloquearan el tráfico. Así que activó la radio y se puso cómodo. Sonaba una canción *country* que contaba la historia de amor entre una camarera y el depravado dueño del bar. Se ajustó sus gafas de sol al ver que algo pasaba más adelante. Mucha gente salía corriendo de una de las obras cercanas, varios de ellos ensangrentados y manchados con tinta negra.

-Debe de ser un accidente- pensó en voz alta.

Cuando se disponía a abrir la puerta para ir a ayudar, dos de los heridos empezaron a golpear la puerta del camión con violencia. Ronny miró sin entender bien lo que les ocurría. No parecían pedir ayuda. En vez de eso, soltaban gritos extraños, como los de un animal que nunca había visto. Pronto vio como toda la cabina estaba rodeada. Cogió la emisora -Anderson, soy Ronny, algo extraño pasa en la avenida Albany, están atacando mi camión.

-Espera Ronny, me están llegando más peticiones de ayuda

de esa avenida- respondió el interlocutor.

Dos de aquellos seres escalaron hasta el capó del camión y comenzaron a golpear los cristales con fuerza, que se resquebrajaron con los primeros impactos. Rony se puso los guantes de faena y abrió la ventana de la puerta. Por suerte el camión era alto y aquellos atacantes no llegaban a la ventanilla. Así que salió por ella y subió directamente al techo, pero no sin su sombrero de vaquero.

-A mí no me jodéis- le dio una patada a uno de los atacantes, tirándolo al asfalto. El segundo de ellos intentó subir a donde estaba Rony, que de un empujón lo devolvió al suelo. En ese momento a otros tres subiendo por el guardabarros. Notó que tenían las ropas manchadas de sangre y de algo negro. -Me voy de aquí-. Saltó al camión contiguo y al siguiente. En él, vio como dos seres troceaban a uno de sus amigos.

-¡Mierda!

Continúo saltando de camión en camión hasta llegar al final de la larga hilera de camiones. Allí saltó al suelo asegurándose de que aquellas cosas no habían llegado.

-¡Me voy, cojones!

Capítulo 6

La Amante

**"Pobres los pecadores, porque ellos serán los primeros en caer
en tierras baldías."
El padre Weyler Trust.**

París, 29 de agosto del 2033

Lidia Dilouie disfruta del instante, hallándose perdida en un laberinto de emociones contrapuestas. Es como si estuviera atrapada en una abrumadora intimidad que la envuelve, y entra en ella por cada poro de su piel. Recuerda así las largas horas de pasión salvaje y prohibida ocurridas en esa misma alcoba, rincón de oscuros secretos inconfesables. La verdad es que aún los mechones de su rizado pelo siguen alborotados, y su cuerpo de piel blanca, desnudo, oculto por una fina tela de lino. Una oda a la plenitud de su sexualidad. La locura de actos pasados en la habitación, la seduce. Tan solo pensar en cada imagen genera en ella una aviesa mirada.

Se observa a sí misma en el espejo, y no logra reconocerse

en aquella diablesa de cabellos rojos fuego y mirada incitante. Los ojos verdes de su reflejo, la indagan. Esa visión causa un torrente de inquietud que desborda su inexplicablemente tembloroso cuerpo, incitándola a hacerse el amor a sí misma. No puede hacer más que vivir ese momento, lleno de demencia. Detiene su mirada en los pequeños senos apenas ocultos, y siente orgullo de su turgencia. Ama cada rincón secreto de su alma. Se descubre a sí misma de una forma distinta, como nunca antes. Se siente mujer, y esto la embriaga del poder que puja en su corazón. Se acaricia el muslo con su mano derecha, como si estuviera hipnotizada por el momento de profunda y seductora intimidad.

Desvía la mirada al cuerpo que yace a su lado, y con lujuria recorre el relieve de cada músculo con su dedo índice. Reconoce antiguas y nuevas cicatrices en el cuerpo torneado por la guerra. Marcas de batallas y de pasión por igual, algunas de aquellas heridas se las había hecho ella, llevada por los estallidos de placer en esa y otras noches. La magia del momento se intensifica y con sus manos destapa aquel cuerpo del deseo.

-Eres mío- le susurra al oído mientras recorre con sus manos la cintura de él, y su largo cabello cae sobre el durmiente amante. -Despierta y siente mis caricias- le repite al oído.

El hombre despierta y la mira a los ojos. Su boca entorna una sonrisa sincera y la besa en los labios, en un largo y profundo beso que no cesa. Mientras, ambos reciben anhelantes caricias. Una de las manos de él se posa en el rostro de ella tras acabar el apasionado beso, y con una mirada deseosa le dice -¿realmente eres mía?- la respuesta se plasma en otro beso aún más apasionado. Las musculosas manos del soldado se deslizan por la espalda de ella, cogiéndola con fuerza. Lidia se sienta sobre su cintura, sus delicadas manos se aferran al torso repleto de cicatrices. Y alza los ojos al techo, perdiendo ya toda lógica, mirando a algún lugar lejano. La melena larga le cae sobre el cuerpo ocultando la desnudez de sus senos, mientras los movimientos de los cuerpos se aceleran. Ambos están en sintonía, con sus almas y cuerpos mezclados por igual. Y como mudo testigo, el mundo al otro lado del espejo.

-Puede que todo esto sea un sueño- dice ella, entornando la espalda hacia atrás.

Él asienta sus manos a los lados de la cintura de ella -pues si es así, no despertaremos hasta que acaben los días y las noches- y cierra los ojos dejándose llevar.

El móvil de ella comienza a sonar, con la canción *"Forgotten Hearts"* del grupo de moda *Glass House*. Lidia se recuesta sobre el pecho de su amante y alcanza el molesto aparato.

-¡Por favor, no pares Evan!- le suplica.

Lidia mira la pantalla del móvil y responde a la llamada -buenos días William, te quiero- dice aclarándose la voz, para disimular su respiración turbada -¿qué ocurre amor?

De forma involuntaria se tapa uno de los senos con la mano libre y se aparta de su amante.

-¡No puede ser! ¿En dónde?- No puede contener su felicidad y de un brinco se levanta de la cama. Evan se sienta y escucha con atención -Sí, revisamos todo el valle con escáneres. ¿Cómo ha sido?- apoya la espalda en la pared, su amante se levanta y le acaricia la longitud del brazo, mientras ella vuelve a recorrer con sus ojos el masculino cuerpo y se muerde el labio de excitación.

-Entiendo, me prepararé. Estoy en el hotel Règle du Roi en París, esperaré al chófer. Estaba dormida, en unos minutos me arreglo, te quiero-. La llamada finaliza.

-¿Crees que sospecha algo sobre nosotros, Lidia?- pregunta preocupado Evan.

Ella le mira a los ojos -más nos vale que no sea así, o estamos muertos- contesta ella.

Él levanta su cuerpo y la apoya sobre su cadera -No tengas miedo, terminemos lo que hemos empezado y ya después, hablaremos del mundo y sus peligros.

El contoneo de los dos cuerpos es rítmico, y los leves gemidos salen de entre sus labios ligeramente abiertos. Él la eleva con cada sacudida, poseído por la pasión animal.

El himno de los Estados Unidos comienza a sonar de fondo en la habitación, es el móvil de Evan, quien deja que suene un rato. Mientras sus sudorosos cuerpos se encuentran, ambos corazones se acompasan, con la música de fondo. -Hazme el amor esta y mil veces más, poséeme de mil formas distintas.

Ambos extasiados se besan con una devoción, que tras meses de romance nunca habían alcanzado. Él se pregunta, en lo más profundo de su ser, si esto es algo más, si quizás alberga sentimientos por ella. Eso ya no importa, las cosas son como deben ser y no hay marcha atrás, así que se aleja y por fin coge el móvil, que suena por segunda vez.

-Aquí Trussoni. Entendido, solamente estaba dormido. De acuerdo, avisaré a mi unidad para que se prepare- observa cómo Lidia se pone unos pantalones ajustados, de color azul -nos reuniremos con la Srta. Lidia Dilouie, en el aeródromo Cimetière de Chevaliers. ¿Señor, cuál es el objetivo? Entiendo, esperaré instrucciones- cuelga.

-Nunca entenderé qué tipo de trabajo une a una arqueóloga y a un multimillonario megalómano como William Svolen, y sé que no me lo vas a decir, ¿verdad?- pregunta a su amante.

Ella termina de colocarse el sujetador y le abraza -cierto, lo único que te diré es que está a punto de culminar con el hallazgo del milenio-suspira -¡no, de toda la historia!, soy feliz.

Durante varios minutos permanecen inmóviles. El uno cerca del otro, preguntándose ambos si lo que hay entre ellos es lujuria u otra cosa, que ninguno se quiere permitir pensar. Trussoni observa su reflejo en el espejo, su rostro está envejecido, surcado por una cicatriz de metralla bajo su ojo derecho. Su pelo rubio, con corte militar, ha comenzado a mostrar canas. Aun así, su buen estado físico es de envidiar. La verdad es que su vida como Navy Seal le ha dejado marca. Mira a Lidia y piensa que sería fácil pasar por su padre, por la diferencia de edad e imagen. Ella cuenta veinticuatro años, y él cincuenta. Lidia sale de la habitación lanzándole un beso con la mano. Él recoge su ropa del suelo y aborda la labor de ordenar sus pensamientos mientras se viste. Le gusta la habitación de hotel, ya ha vivido muchas veladas bajo la lámpara de cristal, con su preciosa arqueóloga. Termina de vestirse y coge su móvil. Con gesto serio se dispone a escribir un correo electrónico. Sale del cuarto terminando de ajustarse la camisa. Baja por las escaleras de mantenimiento y llega al aparcamiento subterráneo, donde se sorprende al verla allí, de pie, esperándole.

-Lidia, ¿está todo bien?

-Evan, cada vez tengo más sentimientos por ti, y eso me asusta.

El veterano desliza las manos por la espalda de ella. -Tranquila, todo pasará.

-¿Acaso no entiendes con quién estoy comprometida?, a él también le amo. Compréndelo Evan. Yo primero soy suya, y después de ti.

-Me quieres, lo sé. Y eso no lo puedes cambiar.

Lidia aparta las manos de él, con dificultad. -Si Svolen se entera, eres hombre muerto, ¡deberías de ser más precavido!

-Yo he sobrevivido a pruebas mucho más duras. ¡Por el amor de dios, yo luche en Moscú, la mayor batalla del mundo moderno! Un multimillonario no va a acabar con un veterano como yo.

-Soy de él- un coche negro pasa cerca de ellos y se dirige a la salida -lo que hay entre nosotros es especial. Pero primero está mi trabajo y él.

-Nunca me has contado en qué consiste tu trabajo, ayúdame a comprender, ¿Qué es tan importante?

-Las teorías de mi padre son reales, y lo vas a descubrir hoy. Para eso es la llamada, será mejor que nos vallamos por separado-.

Lidia sale a la calle por la puerta del garaje, sin mirar atrás.

Evan se queda quieto unos segundos, sopesando aquella conversación. *"De acuerdo, veamos a donde nos lleva el camino. No es mi primer rodeo"*. Se sube al coche que tiene de alquiler y arranca. Circula por el aparcamiento hasta las plazas más cercanas a la salida, abre la guantera y agarra su pistola. Detiene el coche en seco y sale lanzado hacia el coche negro, que está aparcado allí, un Mustang. El conductor no se espera la acción de Evan, pero da marcha atrás, golpeándole en un vano intento por huir del sitio. El veterano impacta con la pistola el cristal del conductor, rompiendo la ventanilla, y apunta al desconocido con su arma.

-¡¿Quién eres?!- grita mientras abre la puerta y tira al conductor contra el suelo con un ágil movimiento.

-No soy nadie.

-Si te pego un tiro, nadie sabrá más de ti, ¿quieres eso? ¿Me será fácil, dejarte aquí tirado? ¿Lo comprobamos?

-¿Cómo lo has sabido?

-Ayer estabas aquí, y hoy seguías aquí. No hay que ser un genio para sumar dos y dos. ¿Para quién trabajas, o mueres ahora?

-Mi bolsillo de la chaqueta- dice señalando con el dedo.

-Despacito, como intentes algo, ya sabes- amenaza Evan sin dejar de apuntarle con pulso firme.

El desconocido introduce dos dedos en el bolsillo interior de su chaqueta. Saca una pequeña cartera negra y la abre con un sencillo movimiento.

-¿Qué haces aquí?- le pregunta Evan mirando las credenciales.

-Sigo a la chica, es de interés para mi agencia.

-¿Por qué?

-¡¿Eh, pasa algo ahí?!- se escucha al otro lado del aparcamiento.

-Parece que no estamos solos- le dice a Evan el encañonado, quien con mirada fría permanece en el suelo.

-Bien, MI6 sube al coche, y rápido- le indica Evan justo antes de retirarse, sin perder de vista a los vigilantes del hotel.

El hombre se levanta y se sienta en el asiento del copiloto. Evan lo mantiene controlado. Se pone al volante del Mustang y sale con el coche del aparcamiento, justo en el momento en que los vigilantes de seguridad llegan al lugar.

El mundo

Islas Mykonos

Tras las puertas del templo, un grupo de mujeres desnudas danzaba desinhibido al ritmo del arpa que ella tocaba. Cada una de aquellas mujeres sentía anhelos de placer, algunas se acariciaban mutuamente en ese baile sensual. Sobre el escenario había una mujer de larga melena morena y ojos multicolor. También estaba desnuda, y tocaba el arpa sin perder detalle del baile en su honor.

-Esto es una fiesta privada niño, no deberías estar aquí- dijo la mujer del arpa al aire.

Las chicas seguían danzando, y algunas de ellas comenzaban a besarse con pasión. Ella se levantó sin cesar de tocar -es una pena que no hayas venido con tu cuerpo, tú aún me caes bien- respondió con aprecio a una figura invisible.

Se acercó a una de las chicas y le besó en la espalda. Con cada beso sentían placeres indescriptibles. La bailarina no quería que ella parara, y con una de sus manos acariciaba la pierna de la bella diosa de ojos cambiantes. -Yo vivo para los placeres, no para la guerra, eso quedó atrás hace muchos milenios. Parece que algunos se quedaron atrapados en la guerra, y no voy a participar en ella- continúa la diosa hablando con su invitado.

La chica a la que besó se viró y se puso de rodillas ante ella, acariciando con sus dulces manos cada curva del vientre perfecto, con una mirada de deseo. -Solo iré porque te lo debo, y además me parece interesante encontrarme con viejas amistades. ¿Dónde es?

Otra de las mujeres se acercó a ella y le empezó a besar en el cuello y acariciar su cintura desnuda. -Si quieres quedarte a mirar te lo consiento, pero no me molestes con asuntos de guerra, allí estaré. ¿Es cierto que el campeón esta por aparecer?... interesante.

El resto de mujeres comenzó a acercarse a la diosa... -Quédate y mira, es un regalo niño...

Capítulo 7

No solo un desastre

**"El pasado siempre te encuentra, tus pecados te persiguen."
Rowan Conwey, cazador de recompensas.**

Joseph es el primero en alcanzar la salida del socavón. Una vez allí, ve como corre uno de sus hombres a la obra contigua, seguido de cerca por otro ser. Recoge del suelo una tubería de hierro y mira alrededor buscando una escapatoria. Dos soldados del Grupo Origen entran en la obra, alertados por los gritos y disparos. Otra criatura devora a un mercenario cerca de donde él está, y le reconoce como el conductor del jeep escolta. La criatura repara en él y empieza a correr. Se abalanza sobre el curtido capataz, que espera con el tubo en alto igual que lo haría con una bola baja. Dave en varios minutos logra alcanzar la entrada a la obra. Allí ve a Joseph golpear con una barra de hierro a uno de los seres. Desde su posición puede escuchar cómo se parten los huesos del cráneo con cada duro golpe.

-¡¿Cómo es que están aquí arriba ya?!- grita Dave. Le tiemblan las manos oyendo los gritos que vienen de todas partes.

-Han subido por la cinta trasportadora de arena. Ya son más de seis, incluyendo a su escolta del jeep ¿y Tod?- le dice Snow a Dave, mirando frenético a los alrededores, enarbolando la tubería.

-No lo logró- responde Dave con fingida mueca de dolor.

Otra de las criaturas viene corriendo hacia Dave, y Joseph se interpone partiéndole la cabeza de un golpe seco. Después, retrocede y mira al andamiaje -Tod y uno de tus chicos están llegando. Es hora de irse- dice Joseph, mientras agarra a otro ser que surge de la obra y lo tira al suelo -Hay que llamar a la caballería, Dave- insiste mientras termina de hundir el cráneo del ser contra el asfalto.

-Rápido, sube al jeep- dice Dave a Joseph.

Al subir notan que faltan las llaves. La puerta de atrás se abre y entra un obrero de una obra continua. -Esos cabrones muerden muy fuerte, pero le reventé la cabeza a Carl con un pico. No se levantó de nuevo, ¡hay que reventarles la cabeza a esos capullos!- exclama histérico el recién llegado.

-Busca un arma en la guantera Dave, en lo que yo hago un puente- indica Joseph nervioso, tratando de mantener la calma y sin prestar demasiada atención al obrero.

-No la hay, es una de las ordenes que di al personal del Grupo

Origen, todas las armas siempre encima, para evitar robos- dice con orgullo Stone.

-¡Brillante!, pues estamos jodidos, tendremos que seguir con la barra de hierro- le reprocha molesto Joseph.

-A mí no me hablas así, soy Dave Stone, no lo olvides...Y yo mando- intenta aparentar autoridad, aunque los temblores de sus manos no le ayudan.

-¿Qué cojones pasa?, ¿el fin del mundo?- masculla Joseph mientras rompe el panel de debajo de la guantera y saca los cables. Se ayuda con su navaja para cortarlos.*"De algo sirve haber sido el hermano problemático de la familia"*, sonríe recordando a Connor.

Dave, que controla el exterior del jeep, ve venir a tres más de ellos, uno de los cuales parece ser Tod Máster. -¡Agachaos, o nos verán!- advierte reclinando su asiento y viendo como el obrero se oculta e el asiento trasero.   Joseph permanece escondido junto a la guantera.

Los tres pueden escuchar como pasan de largo. La mano de uno de ellos deja un rastro de sangre en la ventana del copiloto. Un minuto después ,pueden sentarse y mirar alrededor.

-Vamos, al complejo tres- informa Snow tras terminar de puentear el jeep.

Stone niega con la cabeza -no, vayamos a la Torre Alfil, en mi despacho estaremos seguros.

-¿Y por qué es más seguro su despacho, que un complejo militar? No me gusta la idea de estar entre los azules, pero la lógica incita a ir donde hay más tipos armados- admite Joseph perplejo.

-Porque ahí es donde nos buscará el equipo de evacuación aérea- asegura Stone. Acto seguido, saca su móvil dando la conversación por zanjada. -Comandante Jacob, imponga un estado de excepción en la ciudad, un virus o algo así se ha desatado. Necesito que me evacúe. ¿Que quién soy?, ¡entérese soy Dave Stone! Director del proyecto Nueva Babilonia, su jefe civil. ¡Quién coño creía que era!- cuelga el teléfono.

-¿Qué han dicho?- pregunta Snow.

-Mandarán un equipo de contención. Nos encerraremos en mi despacho y esperaremos. Es el protocolo.

-Vale- dice Snow arrancando el coche y dando un brusco giro de volante, para cambiar de dirección. -Torre de Alfil, allá vamos.

Dos criaturas, a las que les falta buena parte del cuerpo, corren hacia el jeep desde enfrente. Joseph acelera y se estrella contra ellos. Uno queda bajo el coche mientras que el otro impacta contra el cristal delantero, rompiéndolo y quedando atrapado en una fisura.

-¡Dave, quítalo de ahí!

-¡NO!, ¡DALE UNA PATADA!- dice Joseph, quien ve como la criatura poco a poco se introduce más en el coche, dejando la piel de su rostro atrás. Una oreja cae sobre la guantera.

-¡No le duele!- exclama Dave perdiendo los nervios.

El obrero que está detrás se agarra al respaldo de los dos asientos delanteros, usándolos de apoyo para darle una patada a la criatura con todas sus fuerzas. Ésta deja de estar atrapada y cae a la carretera.

-Falta poco- dice aliviado Dave, a quien Snow y el otro obrero le dedican una mirada de reproche.

Llegan a una plaza en la que no parece haber señales de infección.

-¿Ante qué estamos?- pregunta el obrero alarmado.

-Parece un virus, y es rápido- asegura Joseph.

-Los vuelve locos, asesinos psicópatas. Pero hay cosas que no puedo explicar, y es que vi alguno que... simplemente no pueden estar vivos- asegura el obrero, mirándose con preocupación la herida del brazo.

-Explícate- Joseph y Dave miran al obrero.

-En mi obra, uno de ellos se metió debajo de una apisonadora en marcha, intentando llegar a mí. Creo que su cuerpo quedó aplastado hasta el principio del costillar. Aun así, seguía arrastrándose para llegar a donde yo estaba.

-Es algo más que un virus- dice Stone.

Joseph agarra de la chaqueta al ejecutivo -¡Y tu gente lo estaba buscando! ¡¿Qué es, Dave Stone?!

-¡Yo no sé nada!

-¡Sí que lo sabes!

-Solamente sé una cosa, este valle lo compró William Svolen en persona y lo rastreó buscando algo. No lo pudo encontrar así que para no perder la inversión me ordenó que ideara la ciudad de sus sueños. Algo así como un tributo a los pueblos del pasado. Así nació Nueva Babilonia.

-Tienes que saber algo más. ¿Qué buscaba tu amo, perro?- dice Joseph Snow, fuera de sí.

-¡No lo sé, de verdad!

Joseph mira por el espejo retrovisor y ve a lo lejos un grupo nutrido de ensangrentados corredores, avanzando por la avenida, en dirección a la plaza. Pisa el acelerador alejándose todo lo que puede del lugar y dirigiéndose hacia el Distrito Uno. Dave y Joseph observan a los equipos del Grupo Origen, quienes se despliegan en un intento de bloquear todas las calles posibles. Se sirven de los vehículos y algunas excavadoras para ello. Uno de los soldados habla por la emisora cuando el jeep alcanza el primer control improvisado. Otro, con una cicatriz en la cara, se acerca al vehículo y los mira por encima.

-Control veinte dispuesto, comandante. ¿Autorizado el director Stone y dos acompañantes?- pregunta por una emisora el soldado, echando un vistazo a los ocupantes del vehículo.

Una voz truena al otro lado de la emisora -disponga un hombre para escolta del vip y autoríceles.

El soldado llama a uno de sus combatientes -sube al jeep y protégelos hasta que lleguen a su destino. Después preséntate en el complejo más cercano, para nuevas órdenes-.

El soldado se sube en la parte trasera del jeep -señor director, soy el soldado Héctor Abad- le informa a Dave.

- Bienvenido- responde Dave complacido, sonriente al recuperar la confianza en sí mismo.

Nada más arrancar el jeep, comienzan a oírse gritos y disparos en el puesto de control. -¡Ahí vienen! ¡Fuego, abatidlos!

El oficial que había hablado con ellos les hace un gesto para que se retiren ya de la zona. El hombre con una cicatriz en la cara se dispone a disparar con su fusil Steyr Aug. Joseph descubre por el espejo retrovisor a un grupo de al menos cien hombres, o eso habían sido antes, corriendo hasta el puesto. Algunos de ellos los logra reconocer sin dificultad. -¡Vámonos!- grita Joseph apresurado.

-No me siento bien- comenta el obrero sentado atrás.

-Aguante, ya queda poco para el sitio al que vamos- responde Joseph.

Héctor contempla por el cristal trasero cómo el control al que había pertenecido es superado por las criaturas. Sus compañeros de unidad son devorados ante sus ojos en una imagen cada vez más lejana. Lo último que puede ver es a su oficial retrocediendo, superado por las circunstancias. Con él, otros dos hombres que no cesan de disparar.

Joseph se ve obligado a desviarse por las interminables avenidas a medio construir. Esquiva con el jeep los vehículos del Grupo Origen que van de refuerzo hacia los controles. Cruza la Avenida Europa, y allí son testigos.

El mundo

Nueva Babilonia

Ronny corría aprovechando la cobertura de los coches. Un grupo de trece locos habían pasado cerca de él, adelantándolo. Por suerte, en el sector en el que él estaba no había mucha gente, ya que era uno de los pocos sectores terminados. Escuchó ráfagas de disparos y algunas explosiones en la lejanía. -Con el buen humor que tenía hoy...- murmuró.

Un hombre vestido con un mono naranja venía por detrás de él, huyendo de la destrucción. -¡Amigo, detrás...!- un disparo le acertó en la cabeza, y por instinto Ronny se metió debajo de un coche. A unos treinta metros por delante, cinco hombres avanzaban en formación militar. Iban vestidos de negro y portaban todo tipo de armas. Ronny contenía el aliento mientras se acercaban y los escuchaba hablar. Parecían hablar en ruso, aunque perfectamente podrían estar hablando en otro idioma. Cuando ya habían pasado de largo y no podía verlos, salió de su escondite y continuó avanzando hasta toparse con un control de los de azul. Había once hombres tirados en el suelo, además de nueve infectados. Todos con disparos en la cabeza. -Esto se pone peor...

Capítulo 8

Fugitivos

"Los héroes de esta nación no tienen nombres, solo lápidas olvidadas."
Presidente James Monroe.

Nueva Babilonia

Un grupo de obreros se coordina con un operario de grúa para construir un refugio con los contenedores de mercancías. Un tal Wally lanza algunos bloques de cemento con otra grúa. Estos bloques caen sobre las hordas de seres, aplastando a muchas criaturas con cada impacto. Otro obrero, desde la obra continua, le avisa de que hay dos escalando la grúa hacia la cabina. Los no-muertos se están acercando a la base de la cabina, y justo cuando están a punto de entrar, dos tiros les abaten, tiros limpios en la cabeza.

-Yo te cubro Wally- dice uno de los de azul por la emisora.

Tanto trabajadores como pequeñas unidades de soldados comienzan a cooperar en la lucha por la supervivencia, muchos de ellos a sabiendas de que la situación ya no se puede contener. Por ahora, el grupo de Snow se mantiene a duras penas por delante de la expansión de no-muertos. Continúan hacia la Torre Alfil, centro neurálgico de la ciudad. Dave se saca una petaca de la chaqueta sin dejar de escuchar las emisoras del capataz y del soldado. Toma un largo sorbo y siente cómo le tiemblan las manos de pánico. -Ve más rápido capataz- repite una y otra vez, sin parar de beber y moverse.

-Mi unidad ha muerto, mis compañeros y amigos. No todos me caían bien, pero nos debíamos la vida, éramos una gran familia. Qué demonios pasa- lamenta el soldado Abad, desde el asiento trasero, con la voz quebrada.

-Esto es el apocalipsis. Mi tío me lo decía de niño, antes de que lo internáramos en el sanatorio *"cuando el infierno esté lleno de pecado, escupirá las almas de los muertos y estos poblarán la tierra, llenos de dolor e ira"*- les recita el herido.

-¿Cómo se extiende?- respone el soldado como si lo pensara por primera vez, con la mirada fija en el obrero.

-Creo que está en la sangre o en la saliva- afirma Snow mirando por el retrovisor, como si intuyera el hilo de pensamientos del soldado.

El soldado observa al hombre que está a su lado y desenfunda su pistola, manteniéndola sobre su regazo sin que éste lo haya notado.

Joseph asiente en silencio, confirmando la sospecha de Héctor Abad. El obrero no es consciente de lo que ocurre

-¿Cómo te llamas?- comienza Héctor.

-Chuk Ryan.

-¿Estás bien?

-Me escuece el brazo, y tengo mucho calor en la cabeza- responde el herido algo ausente.

-Puede que estés infectado Chuk.

Chuk se percata de su situación y mira fijamente la pistola que descansa en el regazo de su interlocutor, -¡estoy bien!- responde seco, conteniendo el miedo.

-Eso no lo sabemos Chuk- le advierte el soldado sin perderle de vista.

-Se trasforman en locos, muy rápido. Yo sigo aquí- dice el obrero en su defensa, desesperado

-Eso no quiere decir nada- reafirma su opinión el soldado.

Dave se da cuenta del tono de la conversación, y mira por primera vez a Chuk, comprendiendo la situación de inmediato.

-¡Dispara soldado!- ordena histérico. Héctor le quita el seguro a la pistola.

-Puede que sea inmune, matarme será un asesinato a sangre fría- Chuk comienza a perder la calma.

-¡Digo que dispares, soldado!- vuelve a decir Dave, casi gritando.

-¿Si empeoras, nos lo harás saber?- el soldado trata de darle una oportunidad a la vida del herido.

-Sí, lo prometo- dice el obrero, aferrándose a la única esperanza de sobrevivir que le queda.

Joseph mira al soldado por el retrovisor y después a Dave -No dispares, si empeora, yo mismo acabaré el asunto.

El soldado asiente aliviado, aunque sin guardar el arma.

-Ahí está la Torre Alfil- indica Dave, nervioso, deseando dejar al obrero atrás.

-Vamos, antes de que lleguen hasta aquí- sugiere Snow, apresurado.

Abad sale del vehículo y apunta con el fusil hacia todos lados. De lejos se escuchan los gritos guturales de un enjambre. Parecen llegar de todas partes. -Yo me quedo aquí. ¿Podéis seguir solos?

-Sí, gracias soldado- responde Joseph mientras ayuda a Stone a salir del coche.

-¡Suerte!- dice el soldado,mientras se aleja trotando a paso ligero con la mira del fusil en alto.

-Vamos, entremos al edificio, hay muchas plantas que subir- les apresura Dave.

-¿Hola?- un hombre se acerca con las manos en alto saludando.

Joseph lo mira unos segundos -¿Ronny?

-El mismo, amigo mío.

Joseph se acerca a él y le da un fuerte abrazo. Dave por su parte entra al edificio sin esperar a nadie.

-¿Cómo están las cosas ahí afuera?- le pregunta Joseph al camionero, antiguo compañero de copas, con el que tantas veces ha coincidido en la taberna que hasta el momento solo frecuentan los trabajadores de la zona.

-Muy mal. Hay soldados disparando a la gente por la calle. Y también hay hombres ensangrentados matando a otros. Parece una escena de "La Matanza de Texas"- le cuenta Ronny, de la manera más descriptiva que se le ocurre.

-Saldremos de esta. Bien, a buscar a este... ¿dónde se ha metido?- Joseph busca moleesto al ejecutivo, que es su billete de salida de este improvisado infierno. Ve a Chuk esperándoles junto a la puerta. -Debe de haber entrado. Ven con nosotros, Ronny, conozco el modo de salir de aquí.

El camionero parece dudar unos segundos -sí, claro que subo con vosotros. Pero antes debo de hacer una cosa. Lía, mi novia, está en las oficinas del Edificio Cosmos. Tengo que ir a por ella. Cuando la encuentre iré con vosotros- dice haciendo una reverencia con su sombrero de vaquero.

-Que tengas suerte- le desea sinceramente Joseph.

-Tú también amigo- responde Ronny en las que pueden ser las últimas palabras que le dirige a su camarada.

Una explosión lejana rompe el momento, y Ronny empieza a correr hacia el Edificio Cosmos. Joseph, por su parte, entra al edificio con Chuk, aunque antes de entrar dirige una última mirada a su amigo el "vaquero". Una vez dentro del edificio se dirige hacia el recepcionista, que está golpeando el teléfono.

-Chico, deberías de irte, o buscar refugio- le recomienda Joseph al joven recepcionista.

-Los teléfonos no funcionan, internet se ha caído, y mi móvil tampoco permite llamar- se queja el muchacho.

-Hay caníbales corriendo por ahí- le advierte el capataz.

-Eres un tarado, déjame en paz, tengo que trabajar.

-Tú lo has querido- se rinde Snow dejándolo solo.

Tras él, camina Chuck, quien empeora por momentos, -mejor subimos por el ascensor, son muchas plantas- sugiere, fatigado.

Se detienen en la segunda planta y llaman a uno de los ascensores. Al abrirse, salen de él dos vigilantes armados. Uno de ellos con una chapa de identificación "Pierce", los mira de arriba abajo. -¿Qué ocurre?- pregunta.

-Ahí afuera todos están muriendo- responde Joseph con desgana, preocupado por la pérdida de tiempo que supone la conversación.

-Solo sabemos que afuera hay combates, y el director nos ha ordenado custodiar la puerta. ¿Es usted Joseph Snow?- el vigilante se dirige a Joseph, mientras coloca su mano derecha sobre el mango de la pistola que cuelga de su cinturón.

-Sí, soy yo- contesta Snow preparándose para cualquier trampa sorpresa que les pueda haber preparado Stone.

-El director le ha autorizado a usted a subir. Pero no a quien le acompaña.

Se escuchan gritos en la recepción, y los dos vigilantes salen corriendo escaleras abajo.

-Vamos Chuck, te has salvado, entra en el ascensor.

El mundo

Nueva Babilonia

2 horas después

Las sombras de los edificios se alargaban oscureciendo las calles, muchas de ellas ya desiertas, como un manto sombrío que traía consigo el frío de la muerte. La noche comenzaba a dominar las ruinas de lo que fue el sueño de un hombre. La tenebrosa aura es alzada por las manos de medio millón de voraces cadáveres. Manos que ahora buscaban la carne de los pocos cientos que aún resistían desesperados, pugnando por sobrevivir a una lucha, contra los muertos que corrían hacia ellos.

El complejo tres del Grupo Origen, quizás uno de los últimos bastiones de los vivos en la ciudad, resistía ante las continuas oleadas de infectados. Con coraje y mucha munición, los eliminaban a duras penas. Entre ellos, un soldado que había vuelto después de cruzar media ciudad a pie. Un hombre que había visto la calamidad y que quizás hubiera perdido su humanidad en el camino, Héctor Abad. El comandante del complejo lo observaba atónito, mientras escuchaba el relato de cómo él solo había regresado desde la Torre Alfil y le informaba de pequeños refugios con estandartes, que clamaban por la resistencia civil.

-Gasté toda mi munición de la pistola y del fusil, así que me subí al techo del camión y fui clavando mi cuchillo en las cabezas de los que intentaban subir, así estuve varios minutos- le atestiguó Abad al comandante que permanecía sentado frente a él.

-¿Y cómo sobrevivió a esa situación, soldado?- le preguntó el comandante poniendo una mano sobre la montaña de expedientes y haciéndolos a un lado, dejándolos al borde del escritorio.

-Un obrero de los grupos de resistencia de los que le informé antes me alcanzó un cable de grúa hasta mi posición y me sujete a él.

-¿Por qué decidió continuar hasta aquí?- le inquirió el oficial al mando.

-Los hombres que me auxiliaron protegían infectados que aún no habían muerto, y los maté. Después de eso me echaron, así que corrí por la Avenida Europa esquivando cuanto podía y enfrentándome cuando no tenía opción.

-¿Cuál es su rango, soldado?- le preguntó satisfecho con su historia el comandante, dando una calada a un puro cubano que reposaba sobre un cenicero.

-Sargento de Segunda, Señor- respondió el valiente superviviente, con orgullo ante su superior.

-Ya no,... le asciendo a teniente, será mi segundo.

-Sí, señor- Abad apenas consiguió disimular su sorpresa.

El comandante le puso la mano en el hombro en señal de aprobación -Tienes mucho trabajo que hacer-. Seguidamente, firmó una hoja de ascenso.

Un soldado con el uniforme manchado de sangre entró en el despacho. -Señor, tenemos bajas en la azotea. Han escalado por una tubería, hemos perdido dos tiradores.

-Teniente, soluciónelo- ordenó el comandante a Abad, despidiéndose de él.

-Sí, señor.

Al salir del despacho, el tirador y Héctor se alejaron por el pasillo a paso ágil. -¿Qué se ha hecho con los heridos?- preguntó Héctor preocupado.

-Están en la enfermería, atados a sus camas- le indicó su nuevo subalterno.

-Negativo, hombre mordido hombre que ya está muerto, ¡¿entiende?!- el teniente detuvo un segundo al tirador para comprobar que este comprendía.

-Sí, teniente- asintió.

El sonido seco de un disparo rompió la conversación.

Provenía del despacho que habían abandonado. Ambos hombres corrieron hasta la puerta y la abrieron de un empujón. Sentado frente a su mesa, con un puro colgando de su boca, yacía el oficial. Un disparo en su cien y una pistola en el suelo. En su rostro, parecía verse una sonrisa oculta por aquel puro sin encender, y ante él, un sobre marrón.

"Para el teniente Abad:

Estamos condenados, ninguno de nosotros saldrá vivo de este infierno. No poseo la fuerza ni el deseo de luchar, por eso he tomado la solución más segura para todos, yo solo os llevaría a la muerte.

Si deseas seguir luchando, te dejo al mando de este complejo y de los hombres acuartelados en él."

Capítulo 9

Supervivencia Animal

**"Svolen no es como tú o como yo, es un megalómano que
tenemos que eliminar."
Max Hopkins, analista de la CIA.**

Nueva Babilonia

Joseph Snow examina el horizonte desde la cristalera del piso cincuenta, el mismo en el que se encuentra el despacho de Dave. Desde allí ve las hogueras a lo largo del norte de la ciudad iluminando el cercano amanecer, y es atrapado por pensamientos lúgubres.

-Soy incapaz de imaginar la matanza que está sucediendo ahí abajo- piensa en voz alta mientras dirige su mirada a Chuk, que se encuentra tiritando en una esquina del lujoso despacho.

Dave no para de triturar documento tras documento en su papelera electrónica, acompañado de una risa con cierto fondo de locura. -Deberíamos echarle del despacho -repite por novena vez.

Snow contesta lo mismo que las otras ocho veces, -él se queda aquí, para que puedas sentir el miedo y el horror que has desatado.

-Yo no tengo culpa de lo que pasa ahí afuera.

-Demasiadas muertes que deberían de pesar sobre tu consciencia, y mírate, triturando documentos comprometedores. Solo te digo una cosa, ¡reza por que este mal no salga de la ciudad, ya que el mundo habrá ardido por tu culpa!

-Eso no pasará.

Joseph descarga su puño contra el cristal de la ventana. -Todo es culpa de gente como tú o William Svolen. Ellos aprietan sus gatillos porque vosotros lo decidís por cuestiones económicas o de poder, y a pesar de eso, el mundo sigue. Pero esta vez… tal vez sea diferente.

-Me siento muy mal Joseph- murmulla Chuk pálido y expulsando sangre por los lagrimales.

-Su sangre mancha tus manos Dave-. Mientras incrimina a Dave, Snow coge la barra de hierro que ha traído consigo y agarra por la nuca al ejecutivo

-¡Mira!- arrastra a Dave para que esté más cerca. Al hacerlo, varios papeles se precipitan por el suelo.

-¡Suéltame!- implora temblando el ejecutivo, e intenta soltarse, pero no puede competir con la fuerza de un hombre que ha trabajado doce años en los lugares más duros del mundo.

-¿Dónde está el jefe ahora eh, ese que era tan duro en aquella ruina hace tan solo unas horas?- le increpa un furioso Joseph con desprecio.

-¡Que me sueltes!

Chuk comienza a sufrir espasmos y a vomitar sangre. Su cuerpo se retuerce mientras expulsa sangre negruzca por cada poro de su cuerpo. Pronto deja de respirar, y tan solo unos segundos después se arroja sobre Dave y Joseph, con un grito gutural...

———————————

Sheryl tiene miedo. Allí, oculta bajo el escritorio, da gracias a quien esté en el cielo por permitir que consiguiera esconderse a tiempo, justo antes de que llegara aquel tropel de infectados. Está muy asustada y sostiene su móvil, que indica sin cobertura. Puede escuchar el tumulto que está cerca, tan solo a unos metros, en esa misma sala llena de cubículos. También oye voces en el despacho del director, pero le es difícil poder acercarse, ya que está bajo asedio de quince infectados. Se muerde su melena rubia por el estrés, y tiene mucha hambre. Ha aguantado hasta ahora instigada por el miedo, gracias a las barritas energéticas que guarda en el cajón de su mesa. Le ayudan a relajarse. Ahora, lo único en lo que puede pensar para evadirse es en un largo baño en el chalé que tanto añora en estos momentos. Por alguna razón que desconoce, los móviles no funcionan, ni tampoco los teléfonos fijos. Así que está perdida, sin poder pedir ayuda. Aunque sabe quien está en el interior del despacho y tiene la esperanza de que si logran salir de allí, cuidará de ella. Siente una mano que le roza una pierna, y sobresaltada suelta un grito. Enseguida cae en la cuenta de que en realidad, se trata de su propia mano. Ríe histérica. Segundos después, se vuelve a sobresaltar al oír un portazo. Observa lo que ocurre, descubriendo que los infectados entran en tropel al despacho de Dave. Aprovecha y se dirige a gatas hasta la mesa de un compañero y pretendiente, Alex, sabiendo que ahí él guarda un abrecartas. Cuando lo tiene en sus manos sale del cubil. Se va con intención de alcanzar las escaleras, encontrándose con un visitante inesperado.

El infectado está destrozado. Ya casi ni parece un hombre. Sin rostro, sin piernas, abierto en canal. Y está ahí, reptando a tan solo un metro de ella. Asustada, gatea de espaldas, sin perder de vista al cadáver que la persigue, hasta que nota como su espalda choca contra el ventanal que hace de pared. El ser la sujeta de la pierna con la mano y ella le ataca con el abrecartas, hundiéndolo en el hombro de su atacante. Después, le da una patada y se zafa en el último momento. Solo puede hacer una cosa, subirse a la mesa y quedar expuesta...

La barra de hierro cuelga de su mano. Sobre la mesa el cadáver de Chuk, con la cara hundida y parte del cuello seccionado. Frente a la ventana, Dave permanece mirándose en un espejo de mano que guarda en su bolsillo. A veces lo entorna un poco para observar a Joseph, que da vueltas como un león inquieto, arrastrando la barra. La puerta retumba incesante, y ya empieza a ceder bajo la intensa presión que soporta.

-Más te vale que vengan, Dave, no voy a morir aquí- amenaza Joseph con los ojos de un loco.

-Vendrán, soy importante- responde Dave mientras se pasa la mano por el pelo.

-Tengo hambre, vamos a tener que salir de aquí, Dave.

Al ejecutivo se le erizan los pelos de los brazos solo con pensarlo -No sabemos cuántos habrá al otro lado de la puerta.

-¿Quieres morir de hambre?

-No quiero morir, solo eso.

-El hambre es un enemigo poderoso, ellos te devorarán por fuera, pero el hambre lo hace por dentro, Dave.

Un grito de mujer llega desde el otro lado de la puerta. Joseph se acerca para escuchar mejor.

"No voy a morir aquí" piensa Dave, mientras grita -¡no abras Snow!

-¿Tenemos opción?

-No quiero morir.

-Escóndete bajo la mesa, es lo mejor que sabes hacer.

Joseph levanta la barra y se acerca a la puerta. Stone se lanza debajo de la mesa, manchándose el traje con la sangre de Chuk. Joseph gira la manilla, y de un salto logra alejarse. La puerta se abre de golpe, y cediendo por el peso de las criaturas, cae al suelo tras chocar contra la pared. Joseph derriba al primero de muchos corredores que aparecen sin darle tregua. Maneja la barra de hierro igual que si fuera una espada samurái, eliminando no-muertos con golpes certeros en la cabeza, golpes laterales y descendentes. Uno de los seres le tira al suelo. Joseph logra interponer el arma improvisada dentro de la boca su agresor, salvándose de un mordisco. Consigue ponerse encima y hundir la barra en la cabeza de este, partiéndola en dos.

Se levanta para recibir el siguiente ataque. Por suerte, el marco de la puerta es estrecho, por lo que no entran todos de golpe, dificultándose entre ellos. Las paredes y cristaleras se están empapando de sangre con cada golpe. El crujido de los huesos al romperse y el sonido seco de los cuerpos derrumbándose es lo único que logra apreciar Dave escondido en su escritorio, sin atreverse a asomar la cabeza. Enarbolando la barra de hierro, Joseph crea un arco frente a él, destrozando las cabezas de los desgraciados que entran en su radio de acción. Parece que desconocen el peligro, tan solo quieren avanzar hasta el cuerpo caliente de Joseph.

Golpe tras golpe, va acabando con sus atacantes hasta que solo quedan tres, los cuales se dan la vuelta y corren hacia los cubiles de oficina. Y allí la ve, aquella rubia de melena larga, con chaqueta rosa y minifalda de infarto. Sin pensárselo, corre tras ellos. Derriba al primero de un solo impacto y va tras el siguiente, al que le descarga un golpe descendente que le hunde la cabeza en los hombros. El último está a punto de echarse encima de la chica, que grita de horror.

Snow de un golpe en la espalda le rompe la columna, y después termina de machacarlo en el suelo, atrapado en un frenesí inhumano. Cuando ha acabado, se percata de la presencia del infectado que mantiene a la chica aterrorizada subida a la mesa. Va a por él y de un pisotón le aplasta algo similar a la cabeza.

-Ahora estás a salvo- le dice mientras la ayuda a bajarse de la mesa, sin perder detalle de las largas y definidas piernas de la chica.

-Me llamo Joseph, ¿y tú quién eres?

-Sheryl- responde ella impactada por la situación.

Al otro lado de la sala se escucha una voz débil, casi apagada

-¿Sheryl?- de detrás del escritorio surge el rostro macilento de Dave.

Joseph toma aire y se acerca al despacho a paso ágil y agarra por la chaqueta a Dave. Le levanta con violencia y lo arrastra fuera de su refugio improvisado. Cuando están cerca de las escaleras, le da una patada en la espalda, dejando impresa la huella roja de su bota.

-¡Tú vas delante!, de esta no te libras, nos vamos de la ciudad.

-Gracias- dice la chica más tranquila, mirando con asco al amasijo de temblores que hasta ahora había sido su amante.

Joseph la mira de arriba abajo y sonríe -vamos, quédate detrás de mí.

Ella se acerca a los dos hombres mientras estos se aventuran por las escaleras. Dave tiembla como un castillo de naipes a punto de desplomarse, intenta buscar una solución a su dilema. Está atrapado, en una situación que no controla, sabe que le es desfavorable pero intenta atisbar algún arma, quizás una manera de desaparecer de la vista del que considera que puede llegar a ser su asesino. -No podemos irnos Snow. Estamos más seguros en la torre- asegura Dave, preocupado por su propia seguridad.

-Ya lo veo, y la carnicería de tu despacho me la he imaginado- responde con sorna Joseph, conteniéndose para no propinarle otro puñetazo.

-Sheryl, apóyame en esto, conejita- dice Dave acercándose a ella con intención de abrazarla.

Ella se aparta y Joseph se pone en medio. -Deja a la chica en paz, cobarde- advierte el capataz.

"Lo más seguro es subir a la cima de la Torre Alfil. Ahí aparecerán mis salvadores, que esa puta de Sheryl se quede con él, ya están muertos", piensa Dave

De vez en cuando, Joseph empuja al despreciable ejecutivo para que no se detenga en el descenso. Al alcanzar la planta treinta y dos se encuentran una escena del infierno de Dante. En el suelo yace un hombre vestido con el uniforme de vigilante, del que se alimentan cinco no-muertos. El desdichado se mueve, aunque es imposible saber si es porque aún vive o por espasmos producidos por las manos que se introducen en su cuerpo. Sheryl vomita a su espalda y Dave no lo piensa dos veces, sabe la planta en la que están. Se lanza a la carrera y cruza el pasillo a pocos metros del festín. Continúa corriendo cuando ve ante él a otro que acaba de advertir su

108

presencia. Se arrincona contra la pared esquivando por centímetros la mano que le intenta agarrar. Avanza por el pasillo hasta ver su objetivo, una puerta que pone "central de cámaras". Dave sonríe. Sigue corriendo con su perseguidor de cerca. Entra en la habitación y cierra de un portazo, pocos segundos después empieza a oír golpes en la puerta.

El mundo

Nueva Babilonia

Adán Cross no estaba en aquel almacén, su mente trascendía más allá de este mundo. Se hallaba en algún lugar del paraíso, comprendiendo lo que debía hacer. En el fondo, sabía que estaba loco. Quizás un poco más loco que los extremistas religiosos, que le acompañaban en el almacén. Junto a él, tres hombres rezaban en silencio con el Corán en sus manos. Cross abrió los ojos satisfecho por el plan que le pasaba por la mente, y observaba a cada uno de los presentes. Amir, el más joven del grupo, era un terrorista convencido y tenía junto a él un AKA modificada con partes de un fusil de francotirador. Era el mejor tirador de la célula. Hasán y Mohamed eran ex guardias revolucionarios, adiestrados por agentes de la CIA para algunas guerras del pasado. En ese momento eran de los mejores del grupo para el que servían.

- Esto es mejor que lo que planeábamos para esta ciudad. La cadena de atentados enmudece con lo que ocurre ahora-. Adán esperó hasta asegurarse de que tenía la atención de los tres árabes, y prosiguió: -Mahoma me habla mientras rezo junto a vosotros y me dice "*y a los que creen y practican las acciones de bien, les haremos entrar en jardines por cuyos suelos corren ríos, allí serán inmortales para siempre…*"- los tres terroristas aguardaron en solemne silencio.

-Hemos sido escogidos por nuestra rectitud. Aunque yo sea de distinta cuna y haya nacido en Estados Unidos, no me diferencio de vosotros, porque soy creyente y fiel a nuestros propósitos. Este mal que se expande por esta ciudad es el arma perfecta contra el enemigo- el más joven del grupo explotó en vítores.- Amir, Hasán, Mohamed, todos somos uno. Esto que tenemos en esta ciudad, es un arma de Dios que enviaremos contra los imperialistas malignos y sus aliados. Capturaremos unos cuantos y con ellos enseñaremos al "Tío Sam" de lo que somos capaces.

-¡Nosotros somos inmunes a este mal del alma, ya que seguimos el camino de la rectitud!- dijo Amir extasiado.

Adán respiró profundamente al escucharlo y prosiguió. Con toda la teatralidad de la que era capaz cogió su AKA 47 y lo alzó en alto, mientras que con su mano libre mostraba su puño -preparad las redes de contención de fachadas, las usaremos para pescar. Hay que amarrarles piedras a los extremos para que se enreden mejor, y pondremos rumbo a la costa cuando hayamos acabado.

Y añadió Amir -La gloria es para nosotros. Dios es grande.

-Dios es grande- repitieron todos.

Mohamed y Hasán se estuvieron jactando de su época en la última Gran Guerra, cuando lucharon junto a los rusos, para echar a los americanos del territorio. Tras terminar de preparar las redes como les indicó Adán., bubieron a la furgoneta, con un cartel que rezaba "Fontanerías Amir y Hermanos". Adán sacó su móvil y le mandó un mensaje a alguien.

Minutos después

Llegaron al complejo militar número tres. Se quedaron en los aledaños y observaron. Se escuchaban gritos, algunos guturales, y disparos. En el interior del edificio de tres alas, había una multitud de hombres luchando por sus vidas a la desesperada. Resistían con todo lo que tenían. Contaban con tiradores en la azotea, que no paraban de disparar contra la multitud de criaturas, mermando en pequeña medida la ingente horda. Algunas puertas comenzaban a combarse por la presión de tantos cuerpos, a lo que los artilleros respondían disparando desde las ventanas laterales, en dirección a las primeras filas de enemigos. Adán se fijó en que no todos los combatientes humanos eran soldados, muchos de ellos llevaban aun sus cascos amarillos de obra. Incluso vio uno golpeando con una maza las cabezas de los pocos infectados que lograban escalar por la fachada, hasta casi llegar a superar la única planta del edificio. Literalmente, parecía una guerra infernal.

Amir, el francotirador, fue el primero en salir y se encaramó con rapidez en el techo de la furgoneta. Por suerte, la horda no se había fijado en la presencia de los terroristas. Amir, primero escogió con cuidado un objetivo y contuvo el aliento unos segundos, después apretó el gatillo con suavidad. Uno de los tiradores del complejo cayó por la barandilla con un boquete en la cabeza, su cadáver no tardó en ser despedazado por un centenar de manos. Un segundo tirador cayó abatido, y después un tercero. Sin embargo, la presencia de Amir no tardó mucho más en ser advertida por los tiradores restantes, que comenzaron a barrer la zona con sus miras para encontrarle. Otros dos soldados cayeron abatidos antes de que el resto de tiradores desistiera de su intento y se refugiaran en el interior del edificio. El último de ellos murió intentando seguir a los demás.

-¡Ahora, hermanos!- clamó eufórico Amir, enfebrecido por la matanza que había llevado a cabo con su fusil.

Hasán y Mohamed salieron del furgón, llevando entre los dos varias redes y dos pelotas con explosivos adheridos. Se acercaron lo suficiente a la turba como para lanzar las pelotas sin ser detectados. Después de asegurarse de la distancia, Hasán lanzó los dos balones a la puerta del edificio central del complejo, donde habría unos cuarenta seres aplastándose. Ambos explosivos detonaron al impactar contra la pared. Se abrió un boquete en la fachada, diezmando a atacantes y defensores por igual. Mohamed se acercó a una de las criaturas, la cual había salido despedida hasta su cercanía, y la encerró con una red, Adán se acercó.

-Ese no nos sirve, ¿no ves que tiene la columna rota?- el árabe liberó a su presa sin pensar en el error que estaba cometiendo. La criatura aprovechó para morderle en el pie, hundiendo con saña su dentadura hasta el mismo hueso. Adán disparó a la cabeza del ser, matándolo.

-Somos inmunes- le dijo a Mohamed el más joven, mientras seguía vigilando con su fusil.

Hasán vio cómo se acercaba otro corriendo hacia donde estaban ellos, y de igual manera que lo haría un gladiador romano, sostuvo la segunda red. La enarboló en alto y la lanzó, capturando al asaltante.

-Venga, terminad, coged un par más y metedlos en la furgoneta, que no hay tiempo- les apresuró Adán.

Amir mató a tres criaturas más que se acercaban corriendo, dejando al cuarto de ellos vivo para su captura.

———————————

Un tirador vestido de azul apuntaba con su fusil oculto tras los escombros que rodeaban el boquete de la fachada. Gracias al fuego pudo ver el destello de la mira telescópica de Amir. Aguardó unos largos instantes, y vio su oportunidad cuando este le decía algo a sus acompañantes, quienes parecían subir a alguien en el interior del vehículo. Apretó el gatillo, y una bala cruzó las llamas, para acabar atravesando un ojo del joven extremista. El cuerpo se precipitó por el lateral de la furgoneta proyectado por la potencia del impacto. Ya estaba muerto antes de tocar el frío asfalto. Lo que no vio el tirador fue como dos de las criaturas se acercaban por el pasillo de su derecha, hasta que ya era demasiado tarde para él. Aunque ya los tenía a ambos encima, golpeó con su puño al más cercano en plena cara y disparó al segundo en la nuca. El primero se había levantado y se enganchaba a su brazo con dolorosas dentelladas. El soldado lo mató de un segundo disparo. Él ya sabía que estaba muerto, así que se levantó y salió del edificio disparando al grupo de asaltantes, sin cubrirse ni intentar agacharse, tan solo apretando el gatillo sin cesar. Adán se cubrió con la furgoneta sorprendido por el avance del soldado, quien no les daba cuartel alguno. Mohamed se trasformaba en el preciso momento en que su cabeza reventada, por uno de los disparos del soldado.

-¡Vámonos!- gritó Adán devolviendo el fuego como podía. Una bala pasó rozando su brazo en el intento.

El soldado estaba cada vez más cerca, empujado por la fuerza del que ya no tiene nada que perder. Les puso contra las cuerdas, las balas impactaban por todas partes. Hasán se lanzó al suelo arriesgándolo todo, disparó con rabia contra el atacante y todo lo que le rodeaba. Le imperaba vengar la muerte de su hermano de armas.

Alcanzó al soldado en el estómago justo en el mismo momento en que vio como aquel era alcanzado por cuatro criaturas que se lanzaron sobre su espalda, terminando así con el avance suicida. Adán se acercó a Hasán y comprobó que estaba herido de un tiro en el brazo. Lo agarró y lo metió en la furgoneta. Solo se detuvo un instante para ver como el "héroe del complejo tres", moría.

En su huida tuvieron que esquivar docenas de camiones con las puertas ensangrentadas y nutridos grupos de infectados. Muchos de los conductores de camión no supieron lo que pasaba hasta que tuvieron a los muertos aferrados a las ventanillas, demasiado tarde para escapar o defenderse. Y Adán enarcó una pérfida sonrisa de dicha al pensarlo, le encantaba la muerte.

Unos minutos más tarde, el soldado que había luchado con fiereza se levantó del frío asfalto. Aún ardía en llamas el edificio tras él. Giró el cuello de manera anormal, excitado por los gritos de quienes habían luchado a su lado. Después, comenzó a correr sin rumbo junto a una multitud ensangrentada, siguiendo cualquier sonido o movimiento. En su uniforme desgarrado aún se podía leer "Sargento de Segunda, Abad" junto a una insignia recién prendida de teniente. Ahora el hambre lo era todo para él.

Capítulo 10

Cielo Negro

"El pecado del hombre es el pecado en la sangre del hijo. Dios nos condena a muerte, y nosotros no somos nadie para negarle sus deseos."
Cardenal Alexey Ivanovich, en el Concilio de Irlanda, 2024.

Nueva Babilonia

Joseph no consigue evitarlo, aquel cobarde se le escapa de entre las manos. Tiene que preocuparse de la chica, así que la agarra de la mano y se precipita con ella escalera abajo. Nota como ella da trompicones con los tacones, y se detiene unos segundos para arrancárselos de los pies. Tras ellos, se escucha el estropicio. No sabe si los no-muertos corren tras ellos o tras el ejecutivo, y no va a comprobarlo. Siente la respiración agitada de ella, no puede mantener el ritmo, así que la coge en volandas, igual que un marido lo haría con su esposa en la noche de bodas. - Lo siento.

Cree que tiene que cuidar de ella, tan desvalida y perdida como está. Su barra de hierro replica contra el suelo, no puede detenerse, no ahora. Ha perdido su arma. Logra llegar a un cuarto en el que pone "Sala de Mantenimiento", entra y cierra la puerta tras de sí. Los golpes comienzan de inmediato, y Joseph bloquea la puerta con la única silla que hay en el pequeño cuarto de herramientas.

-¿Estás Bien?- pregunta a Sheryl preocupado.

-Sí, estoy bien Joseph, ¿y ahora qué?- pregunta ella deseando salir de ahí.

-Esperar un poco- dice revisando entre los cajones del pequeño cuarto.

-Yo no soy una buena chica.

Snow se acerca a ella, le ayuda a levantarse y le abraza, rodeándola con sus musculosos brazos.

-No vamos a morir, no lo merecemos, todos estamos aquí por algún motivo. Quizás huyamos del pasado, otros luchan por mantenerse en primera línea. No es fácil estar en este desierto, y no todos lo están por el dinero.

-Yo si vine por el dinero, solo quiero ascender en Industrias Svolen, y para ello usaba mi cuerpo, mis encantos. Soy así, y me gusta. ¿Soy mala por ello?- dice ella llorando, sus lágrimas caen en el hombro de Snow.

Algo vibra en el pantalón de Joseph -¿Qué es eso?- pregunta la chica. Joseph mira el móvil, se trata de una llamada de onda corta de la radio de Resistencia Global. Rápidamente coge el teléfono. -¿Hola?

-Gracias a Dios. He mandado un mensaje a todos los de la lista, solo me has respondido tú- cuenta una voz electrónica al otro lado del teléfono.

-¿Quién eres?

-Marcus, soy de los tuyos.

-¿Cómo has obtenido el número?, no podíamos conocernos entre nosotros- dice Snow alejándose de Sheryl y apoyándose en la mesa.

-Soy hacker, y necesitaba saber a quién podía acudir si pasaba algo. Por suerte la radio de onda corta incorporada a nuestros móviles, funciona.

-¿Sabes por qué es?- interrumpe Snow.

-Hay un inhibidor de llamadas en la torre más alta de la ciudad, una antena que ha cortado todas las comunicaciones con el exterior- responde convicción el hacker.

-Es Alfil, estoy en ella.

-Gracias a Dios, estoy en la planta quince, intento subir para romper la jodida antena. Hay que informar al mundo.

-¿Por dónde estás subiendo?

-Estoy escalando por el hueco de ascensores

Snow contempla a la chica con gesto grave -voy a ayudarlo, te quedarás aquí encerrada y vendré a por ti.

-Yo no me quedo sola Snow, no me hagas eso por favor.

-Vendré a por ti, te lo prometo- afirma con voz dulce.

Con resolución abre la puerta y comprueba que ya no hay nadie, sus perseguidores habrán seguido a otro. Sale y cierra tras de sí. Mira a ambos lados y empieza a avanzar con sigilo por el pasillo. El suelo enmoquetado con una alfombra azul está encharcado de sangre. Llega al ascensor, junto al que encuentra a un vigilante de seguridad tirado en el suelo sin vida, como un muñeco roto. En su mano derecha hay una pistola. Snow se acerca con cautela y la coge, registra el cadáver en busca de más cargadores, sin éxito. El vigilante está repleto de dentelladas, y parte de su cabeza ha desaparecido. Snow vomita el poco contenido de su estómago y se acerca a las puertas del ascensor. Sin dejar de mirar atrás introduce sus manos entre ambas puertas, y haciendo alarde de su fuerza comienza a abrirlas.

-¡Cuidado!- advierte una voz femenina que le es familiar.

Snow ve como de las escaleras salen dos corredores, ambos compañeros del muerto. Snow suelta las puertas y agarra del brazo al primero, lo estampa contra la pared. Sin tiempo para responder de otra manera lo suelta y le da un traspié al otro, que cae al suelo. Para rematar le da un fuerte pisotón en el cráneo. El otro ya vuelve al ataque, por lo que Snow le vuelve a coger del brazo para repetir la llave, solo que esta vez se queda con el brazo suelto en sus manos, pierde el equilibrio y cae de culo. La criatura por su propio impulso también se precipita al suelo, y un hachazo corta su cabeza. Snow mira a Sheryl sorprendido.

-No me vuelvas a dejar atrás…- le avisa la secretaria a Snow.

De repente oyen una voz desconocida que proviene del interior del ascensor, -¡ayudadme!

Snow se acerca de nuevo a comprobar de quién se trata. Ve a un chico escalando por el hueco del ascensor. Al asegurarse de que no es una amenaza, le agarra de la mano y le ayuda a reincorporarse. -¿Marcus?

-El mismo- dice el hacker aliviado.

Snow observa al adolescente que tiene delante, delgado con

121

el rostro lleno de acné. Sus ojos azules están casi rojos, se nota que ha llorado recientemente. -¿Qué edad tienes?- le pregunta sin rodeos.

El adolescente lo mira un momento con desprecio, pero después suaviza su expresión. -Quince años.

-¿Cómo te las has apañado para llegar hasta aquí?

-Te sorprendería lo que un cuerpo pequeño, tan delgado como el mío, puede lograr hacer. La de recovecos que he aprovechado para ocultarme mientras venía...

-Ya veo- Joseph le mira pensativo.

-Gracias tío- dice colocándose la visera de la gorra hacia delante.

Sheryl se acerca a los dos -hola- saluda al chico con una forzada sonrisa. El chico no puede evitar recorrerla con los ojos. Ella se da cuenta, pero no dice nada.

-Joseph, he encontrado esto en uno de ellos -dice Sheryl dándole un cargador de pistola. -¿Y ahora qué?- pregunta.

-Tenemos que seguir subiendo- indica el chico levantando el dedo índice.

-Arriba está lleno de esas cosas, chico- le recrimina Joseph.

-He cruzado media ciudad, abajo también está lleno- les cuenta orgulloso por su hazaña el hacker.

Los tres permanecen un momento en silencio, tratando de asimilar la situación en la que se encuentran. Joseph es el primero en retomar la conversación -Sheryl, ¿sabes disparar una pistola?

-Sí, soy de Texas- responde jugando con una pistola imaginaria.

Joseph le pasa la pistola y le quita el hacha, -solo tiros a la cabeza, y cuando sea un caso extremo, un disparo podría atraer a más corredores.

-¿Corredores? ¿los llamas así?- el chico mira los cadáveres -buen nombre. Una vez que desactivemos la antena inhibidora...tengo un amigo, Edan Fisher. Es reportero e investigador, le mandaré un correo electrónico. Y también contactaremos con nuestros amigos- asegura Marcus dedicándole un guiño a Joseph.

-Ha llegado el momento, ascendamos este edificio y terminemos cuanto antes- sugiere Snow a modo de orden.

Comienzan a subir cada escalón en completo silencio, pero tras unos pasos se detienen y aguardan, ya que oyen gritos guturales por todos lados, aunque ninguno cercano. Las luces se van de golpe, quedando todo a oscuras. Joseph nota el cuerpo de Sheryl apretándose a su espalda. Un minuto después las luces de emergencia se encienden, iluminando de forma tenue las paredes.

-Los generadores auxiliares de la torre durarán catorce horas- comenta el chico haciendo alarde de sus conocimientos sobre la ciudad. Precavidos, continúan ascendiendo por las escaleras, volviendo a detenerse cada pocos escalones para asegurarse de que no hay corredores cerca.

-Esperad un segundo aquí- les avisa Sheryl, entrando en una puerta que pone "Vestuarios". Snow se dispone a seguirla cuando el adolescente le agarra del brazo con urgencia. Joseph se para y sigue su mirada. Vislumbra dos sombras moviéndose en el otro extremo del pasillo. Permanece quieto unos segundos junto a Marcus. Los dos corredores parecen olisquear el aire, dando bandazos con sus manos alrededor, parece como si intentaran matar moscas molestas.

La puerta por la que desapareció Sheryl se abre, aparece ella levantando la mano para enseñar una escopeta recortada. -Mirad- susurra al percatarse de los dos corredores. En ese momento, los predadores se percatan de su presencia, y empiezan a correr hacia ellos, lanzándose como perros hambrientos. Ella grita sorprendida, y Joseph de dos saltos se interpone entre ella y los seres. La primera criatura resbala y cae al suelo. La segunda salta sobre el bulto y sigue su carrera. Joseph espera hasta casi oler su fétido aliento para descargar el primer hachazo demoledor, partiendo la cabeza del ser en dos. La otra criatura se levanta y corre. Snow tira del hacha incrustada en el cuerpo del primero, y solo logra mover el cadáver. Realiza un segundo tirón sin éxito. Se dispone a responder con un puñetazo, cuando un estallido le deja sordo. Un fuerte pitido le suena en el oído izquierdo. La criatura que momentos antes corría contra él, ahora cae al suelo con gran parte de la cabeza estallada. Joseph ve a Sheryl con la escopeta levantada cerca de su hombro. El tiempo parece haberse ralentizado para él. Busca a Marcus, que le hace señas histérico, dice algo, pero Joseph no escucha nada más que el pitido. Sheryl está asustada, girando la cabeza en todas direcciones. El chico se aleja de las escaleras y los agarra de las manos a los dos, tirando de ellos hacia la subida. Joseph se deja llevar.

Las escaleras de los pisos inferiores están atestadas de cuerpos, de no-muertos que corren atraídos por el disparo. Desde arriba, varios tramos de escalera más adelante se ve un grupo pequeño bajando por ellas. Joseph le quita la escopeta a Sheryl y se sitúa en vanguardia. Nada más subir cuatro escalones, la primera criatura aparece ante ellos. Snow dispara sin darle tiempo a reaccionar, y el cuerpo del ser cae por el hueco, seguramente descendiendo unos cincuenta pisos. Joseph sigue subiendo sin dejar de disparar con la escopeta. Sheryl le tira una caja de municiones, y él recarga mientras ella dispara con la pistola. El chico por su parte se protege el pecho con el portátil, mirando hacia paredes y techos. Llegan al siguiente descansillo y Joseph ve a un grupo de diez seres. Sheryl se coloca a su derecha y dispara junto a él hasta que caen todos los corredores. Sheryl le señala la pistola, negando con la cabeza para indicarle que se ha quedado sin munición.

Mira a su espalda en busca de Marcus, y no lo encuentra. Se percata de una rejilla tirada en el suelo, y ve un tubo de ventilación abierto. Muy pequeño para él. -¡Sheryl, sube ahí, tú si cabes!

Joseph le ayuda como apoyo hasta que se desliza al interior. El oído de Snow se recupera ya, y comienza a escuchar gemidos guturales, cientos de ellos. Su sangre se hiela, y comienza a esprintar por las escaleras.

El mundo

Roswell. Estados Unidos

Un descapotable de los sesenta circulaba en plena noche por la estatal. En su interior, un hombre y un niño permanecían en silencio, el hombre con los ojos fijos en la carretera, y el niño inmóvil.

-Ya están avisados- dijo el crío sobresaltando al conductor.

-Bien hecho.

-Lo que no me has dicho es cómo sabes que ha empezado todo lo que Odín prometió.

-He visto las señales. La profecía ha empezado y muchas fuerzas están respondiendo a ello, no solo nosotros.

-Pues ya todos están avisados, les he dicho que acudan a este país, aunque a mi manera de verlo, ¿no sería mejor reunirnos alrededor de la tumba?

-Ya no podríamos hacer nada, el mal está comenzando a extenderse. Para cuando llegáramos, medio planeta estaría sumido en la muerte.

-Este mundo me gusta, ojalá no tuviera que acabarse, aunque me echen de los casinos por menor de edad, teniendo ya unos cuantos miles de años.

-Algún día dejarás de ser adicto al juego, niño.

-Si sobrevivimos a todo lo que está por venir, créeme, seguiré jugando, y si los humanos olvidan cómo es, les enseñaré. El póker debería de salvarse. Yo podría ser el nuevo "Dios del juego".

-Vale, amiguito, ya me has dejado clara tu fascinación. Por cierto, ¿dónde está Eva?

-Tu ex, está en un templo, pasándolo en grande. Me ha dejado mirar.

El conductor aceleró, de forma involuntaria -¿y qué?

-Nada.

-Buena respuesta.

-¿A dónde vamos?

-Tenemos que buscar al "Campeón". Aparecerá en Rabbit Island, y nosotros estaremos esperándole.

-¿Nunca te has planteado que Odín se pudiera equivocar?

-¡No!

-Nuestro destino, en manos de un solo guerrero. No me da

mucha confianza.

-Odín tenía sus secretos, y se los llevó con él cuando murió.

-Pagó el precio por saber demasiado.

-Me pregunto si no lo pagaremos todos...

Capítulo 11

El Equipo Escorpión

"La tribulación está por llegar, solo necesita un empujoncito."
William Svolen.

Nueva Babilonia

Evan Trussoni advierte con curiosidad la forma de arremolinarse de las arenas del desierto bajo las aspas de los dos helicópteros militares que sobrevuelan al raso, aunque en realidad se mantiene sumergido en lúgubres pensamientos. El interés del comandante de la Base Leviatán en que no sean detectados es una prioridad, por eso se mantienen por debajo del nivel de los radares. Trussoni comprueba en su tablet por quinta vez las órdenes. Intenta adivinar qué es lo que pasa en realidad, y cómo una misión de escolta se convierte, en tan solo unas horas, en una operación encubierta de combate urbano. Lidia Dilouie estudia su diario, repleto de garabatos Mayas y Aztecas, sentada en el asiento del copiloto. Eso cree saber el ex Navy Seal.

-Lidia, vamos a intentar que esta sea una misión rápida. Entrar y salir. Sea lo que sea que tienes que hacer, has de hacerlo sin dilación. ¿Okey?- Ella asiente sin apartar la mirada de sus textos.

Después él repasa con la mirada a sus hombres de la Unidad Escorpión. Petrenko, el francotirador del grupo, sujeta con fuerza su fusil Barret 50, mientras contempla el desierto a través de la mira. Lleva su pasamontañas ocultando el rostro, a juego con el uniforme negro que llevan todos. Brooks limpia el cañón de su fusil de asalto M16, se ajusta la visera de su gorra y le devuelve una sonrisa al oficial. Está allí como experto en combate urbano israelí. Es el segundo oficial de Trussoni. Moody, el médico de la unidad, lee con tranquilidad una Biblia. Se ha convertido no hace mucho, por ello vive su religión. Se aferra a ella con una pasión igual o mayor a la de un moribundo a sus últimos resuellos de vida. Trussoni se pregunta muy seriamente si el pelirrojo irlandés ha perdido la cabeza en la "operación de limpieza" el año anterior en el Congo. Santana, un hombre de doscientos kilos de puro músculo, artillero de la legión española, y la más reciente incorporación de Escorpión, revisa cuidadoso su ametralladora.

-Bien chicos, atentos todos.- Los presentes dejan sus quehaceres y observan a su oficial al mando, Evan Trussoni. -Nuestra prioridad es proteger a "la dama" mientras realiza su trabajo, que se centrará en investigar este hallazgo- dice señalando en la tablet las fotografías que Dave Stone tomó del lugar, -por desgracia, desconocemos la localización exacta del objeto, por eso iremos al rascacielos llamado Torre Alfil, donde se oculta la persona que realizó las fotos.

El artillero levanta el pulgar de manera afirmativa e interviene -Capitán, ¿de qué se oculta el vip?, ¿cuál es la amenaza?

Trussoni toma aire, no le resulta fácil decirlo, ya que ni siquiera él le puede dar crédito -existen informes que indican que se ha desatado una rara pandemia en toda la ciudad, según relatos interceptados de supervivientes- dedica un segundo a buscar las palabras -antes del corte preventivo de comunicaciones se hablaba de importantes ataques por parte de los infectados, quienes aparentan estar muertos pero solo caen abatidos por daño cerebral.

Moody observa las fotos de la tablet un instante más -¿qué tipo de virus es?

-Desconocido, solo sabemos que es muy contagioso, y se recomienda no entrar en contacto físico directo- responde Trussoni.

-¿No contamos con trajes Hazmat para la operación?

-Negativo.

-¿Nuestra defensa contra el virus?- pregunta incrédulo el doctor.

132

-La llevas enfundada, doctor- le indica el capitán con dureza. El irlandés coloca dudoso su mano sobre la pistola.

-La orden del comandante de la Base Leviatán es clara, cualquier amenaza contra la misión y la integridad de la unidad, ha de ser eliminada.

-¿Esto es igual que con aquella cepa de ébola en El Congo?- vuelve a preguntar Moody, aterrorizado al recordar la matanza.

El capitán desvía la mirada y contempla la lejana silueta de la ciudad, la cual empieza a dibujarse en el horizonte -afirmativo.

-Me niego- objeta él médico.

-Moody, se te paga por esto, igual que se hizo en El Congo. Salvamos más vidas que las que arrebatamos.

-¡Matamos inocentes!

El oficial golpea con fuerza al médico -¡contrólese, es una orden!-.Moody, consternado baja la cabeza y comienza a rezar en silencio, aceptando en el fondo lo que tiene que hacer, ya no hay marcha atrás.

Según ambos helicópteros se van internando en aquella jungla de andamios, los miembros de los dos equipos son más conscientes del horror al que se enfrentan. Allá por donde miran ven cuerpos mutilados en movimiento, incluso un grupo numeroso corre por la calle intentando alcanzar los vehículos aéreos. Sobrevuelan sobre una avenida, franqueados a ambos lados por altos rascacielos en construcción. De uno de los edificios cuelga atado de una pierna uno de esos seres, que realiza una macabra danza. Su cadáver despellejado no deja de sangrar. Una de las aspas del helicóptero lo trocea por la mitad.

Petrenko levanta el puño para que el oficial se acerque. -Capitán, mire allí.

Evan otea en la dirección buscando, y entonces ve lo que le indica el francotirador. Una furgoneta se abre paso entre una multitud de infectados. Del capó sale mucho humo, es muy difícil que el conductor pueda ver en esa situación. Además, a ratos se puede vislumbrar entre la humareda algo o alguien aferrado, golpeando el cristal . Aun así el conductor y su vehículo parecen resistir las embestidas.

-Está rodeado, pero parece que tiene una oportunidad- dice Petrenko, deseoso de actuar.

Trussoni comprueba que los ojos del francotirador arden, con el fuego del orgullo, o quizás es otra cosa. -Autorizado.

El tirador comienza a disparar. Sus certeros ataques aciertan a los corredores en la cabeza. Consigue darle al que se aferra al capó,

134

volándole las manos y haciendo que caiga al suelo. Acto seguido acierta a darle a otro que intenta trepar al techo, y así hasta exterminar a quince de ellos, en un intervalo de un minuto. Después, la furgoneta desaparece por una esquina y puede ver al conductor sacando una mano, saludando. Lo último que logra ver el francotirador es un cartel desgarrado, que cuelga en el lateral *"Fontanerías Amir y Hermanos."* Levanta el pulgar sin apartar los ojos de la mira.

-Han pasado solo tres días desde que se desató la plaga, y la ciudad se podría decir que ha caído en la anarquía total- dice Moody, reflexivo.

-Esperemos que las tropas de la Base Leviatán y el desierto se encarguen de contenerlos aquí- responde dubitativo Brooks, moviéndose inquieto en su asiento, con el dedo en el gatillo de su arma.

Trussoni trata de calmar los ánimos, preocupado por el rendimiento de sus combatientes. -Tranquilos, entramos y salimos. Eliminamos algunos, y ya está. Piloto, ¿cuánto queda para...?

El helicóptero se zarandea con violencia, mientras llueve sangre a su alrededor. El piloto empieza a mover el vehículo en zigzag, con todos los indicadores pitando e iluminándose. Durante unos segundos, las dudas sobre lo que ocurre no dejan al equipo actuar. Después, descubren cuerpos que caen de los edificios más altos, impactando muchos de ellos sobre las aspas.

-Poneos los pasamontañas y las gafas protectoras. ¡Ya!- ordena a voces Trussoni, mientras que con una mano agacha la cabeza de su protegida Lidia. -Quédate a cubierto, no levantes la cabeza, ¿entendido?

Dos infectados logran entrar por el lateral descubierto de Moody y Petrenko, quienes sin tiempo a sacar sus pistolas pelean con sus puños contra los asaltantes. Estos no se defienden, tan solo intentan tirarse sobre sus presas. Trussoni saca su pistola, consciente de que disparar con su fusil podría dañar el trasporte. Apunta y aprieta el gatillo. Acierta en la cabeza del que ostiga al médico, y justo en ese momento siente como una mano se aferra a su hombro y lo lanza hacia atrás. Logra agarrarse a uno de los bordes de la puerta, justo a tiempo para no precipitarse al vacío. Aún así, la mitad superior de su cuerpo está fuera del vehículo, y aquella mano aprieta con mucha fuerza. El corredor cuelga en el aire, aferrado a Trussoni, mientras Santana intenta conseguir un tiro limpio que no logra porque el helicóptero se mueve demasiado. Trussoni puede ver por unos segundos como su equipo de apoyo, en el segundo helicóptero, sufre estragos.

Lidia grita al piloto, un tipo llamado Alvin -¡elévate por encima!

El piloto niega con la cabeza, arrastrando el mando todo lo

atrás que le permite el aparato. -¡El rotor está dañado! -le grita a la chica.

Ella mira atrás buscando a Evan, un escalofrío recorre su espalda y se levanta del asiento asustada. Entonces descubre un pie, que golpea su asiento y su corazón da un vuelco. Ve resbalarse las manos de Evan sujetas al borde de la puerta. Pronto caerá si Santana no elimina a la sabandija que tira de él con su peso muerto. Evan nota como la otra mano del corredor aferra su nuca con fuerza, *"estoy acabado, es el fin"*, piensa, y entonces aparece ella. Lidia abandona la relativa seguridad del compartimento delantero del piloto y le agarra el brazo, haciendo palanca con el pie izquierdo en el asiento. Su pelo rojo fuego se alborota por el viento, ocultando parte de su rostro. En el ojo que le queda visible, Trussoni ve el miedo a la pérdida. Cuando el capitán nota un aliento en su nuca, da un cabezazo brusco hacia atrás, que coge por sorpresa al no-muerto. Después, escucha un disparo y nota como disminuye la carga que su espalda sufría. Logra reincorporarse con la ayuda de Lidia y cruzan sus ojos, una mirada dulce y tranquilizadora. En el segundo siguiente una explosión los sacude. El capitán contempla las llamas sobre el tejado de uno de los edificios de su izquierda. Ve como una de las aspas del otro helicóptero cae al vacío, destrozando algunos de los seres de la calle...

El mundo

Nueva Babilonia

Billy, de niño, era uno de los mejores jugadores de béisbol en la liga infantil. Llegó a ser el primero en las clasificaciones, y cuando creció conservó su forma física, aunque su sueño de ser jugador profesional se vio truncado. La enfermedad de su padre y la desaparición de su hermana lo habían obligado a ser el trabajador de la familia, el responsable de llevar dinero a casa. Su responsabilidad le forzaba a seguía con vida, corriendo en aquellas calles de sangrientas muertes.

La carrera de obstáculos que enfrentaba pasaba por vehículos accidentados a cadáveres tirados y manos que salían desde la oscuridad, para agarrarlo. Correr en la penumbra era arriesgado, pero no le quedaba opción. Su refugio había caído, y con él los cinco supervivientes que le acompañaban, alguno de ellos amigos suyos. Recordaba cómo había tenido que saltar sobre el cuerpo de Malcolm "el gordo", mientras era abierto por seis criaturas sin alma, de mirada rabiosa. Corrió y corrió, hasta que al doblar por una de las calles fue iluminado por varios focos en plena noche sin luna. Deslumbrado, no podía ver bien hacia donde corría, se limitaba a seguir la carretera, esquivando por poco una mano que intentó agarrarle el tobillo. Según fue acercándose al origen de la luz fue vislumbrando varias sombras en lo alto de contenedores de trasporte. Hombres armados con fusiles de francotirador. Seis de ellos disparaban, apostados sobre un alto contenedor de mercancías, mientras un séptimo dirigía los focos. Sobre sus cabezas pudo ver un cartel improvisado con una sábana blanca y letras en sangre que rezaba *"Resistencia civil"*.

Billy alzó las manos sin cesar de correr -¡ayuda!- gritó intentando que le escucharan, sin éxito.

Sin embargo, el hombre del foco advirtió su presencia. Le señaló una escalerilla a veinte metros de él, así que Billy aceleró con las últimas fuerzas que le quedaban. Las tenía tan cerca que ya respiraba aliviado, cuando de repente y sin previo aviso sintió como le golpeaba un peso pesado en la espalda. Cayó al suelo con el pecho oprimido, intentando respirar y escapar por igual, pero aquel ser debía de pesar trescientos kilos por lo menos. Notó un mordisco en su brazo y comenzaba a asfixiarse. Sus nervios le fallaban tanto como su lógica, le parecía que le estaban arrancando las extremidades, algo que no podía estar pasando...y entonces vio aquellos ojos negros inyectados de sangre, reconociendo en ese instante a Malcolm "el gordo", a quien había dejado atrás ignorando sus súplicas. Ese mismo Malcolm que le había invitado miles de veces a cervezas frías en la cantina.

-¡Malcolm no, por favor!- imploraba mientras recibía un

mordisco tras otro, hasta que un disparo atravesó el cráneo del caníbal. Intentó salir de debajo del cuerpo caliente, pero pesaba demasiado, las fuerzas comenzaban a fallarle, y entonces escuchó otro disparo. Todo se oscureció de un segundo para otro, acabó muy pronto. Lo último que pudo ver con sus ojos muertos fueron aquellas palabras escritas en sangre: *"Resistencia civil"*

Capítulo 12

En el Infierno

"Herido de muerte, nunca supliques, yo no tendría clemencia."
Eddy Stanton, ex Navy Seal.

Nueva Babilonia

El helicóptero del Equipo Escorpión consigue elevarse tras varios intentos fallidos. Alvin, el piloto, lanza tacos de todo tipo en español. Lidia y Santana los entienden y cruzan miradas incómodas. El resto del equipo permanece atento a la destrucción que encuentran en el tejado.

-Puede que estén todos muertos- comenta Petrenko observando las llamas.

-Si no lo están, lo estarán pronto- señala Moody indicando las escaleras de emergencia medio derruidas. Por ellas sube una turba descontrolada. Se escuchan seis disparos que vienen del interior de lo que queda del helicóptero siniestrado. Un minuto después se escucha una ráfaga intensa de una M16.

-Acércate lo que puedas- ordena Joseph al piloto -¡Brooks, lanza una granada contra las escaleras y bajamos junto a Moody!

Una segunda ráfaga de disparos derriba a otro infectado que intenta alcanzar al helicóptero. Los tres hombres se descuelgan sobre la planta en construcción en cuanto suenan las dos explosiones de las granadas. Al tocar el suelo sueltan sus arneses. Evan localiza los dos primeros cadáveres del grupo de apoyo. Moody comprueba sus constantes y niega con la cabeza. Brooks empieza a disparar contra la primera oleada de no-muertos que intenta alcanzar la planta por las escaleras interiores, coloca una rodilla en el suelo y apunta por la mira, sin dejar de realizar disparos certeros.

Robert no lleva mucho tiempo en la unidad del Grupo Origen, unas pocas semanas desde que abandonó su anterior trabajo. Como "escolta" de un mafioso neoyorquino llegó a conocer bien el cuerpo humano, y la forma en que la vida abandona este tras una dura paliza. Ahora, tras haberle fallado a su "Don", decidió unirse al equipo para poder escapar, y así evitar que su vida acabe abruptamente en una esquina del Bronx, o al menos intentar evitarlo. Al día siguiente a su error, se había enrolado con la gente que le sacaría de esa ciudad sin hacer preguntas. Y ahora está sobrevolando un desierto al otro lado del mundo, aferrado a la ametralladora de un helicóptero de combate clase C24. Su oficial, un italiano llamado Carlo, da las últimas instrucciones:

-Apoyo al Equipo Escorpión y evacuación de los vip de la lista que cada uno tiene en su dispositivo, los infectados son blancos autorizados.

Poco a poco el helicóptero se va acercando a la ciudad, y de manera progresiva comienza a ver a los primeros "refugiados solitarios", que corren hacia algún lugar desconocido. Se internan en un desierto del que se podría pensar que sería imposible salir con vida. Hay algo raro que el matón no logra discernir hasta que se encuentran con el primer grupo de "refugiados" corriendo bajo los helicópteros, siguiéndolos con ansias. Uno de ellos está totalmente ensangrentado, su ropa hecha jirones, mostrando multitud de heridas, pero lo que más le impresiona es el muñón ensangrentado en el que antes hubo un brazo, y que parece no molestarle. Desde la escasa altura que les separa de los infectados se pueden apreciar trozos de piel colgando, resulta macabro, incluso para quien ha presenciado escenas de violencia desgarradora. Cuando se encuentran a tan solo un kilómetro de su objetivo logran ver la lucha de un grupo de diez soldados, extenuados sobre la arena, cuerpo a cuerpo contra una multitud que les supera cinco a uno.

Robert gira su ametralladora y   dispara una descarga de

demoledores proyectiles alrededor de los soldados, para darles un poco de cobertura. Nota sobresaltado una mano posarse en su hombro -ahorre su munición- dice una voz a su espalda. Entonces, deja de disparar comprendiendo que aquellos hombres están perdidos sin remedio desde el mismo instante en que salieron de la ciudad. *"Salir de la sartén para caer en las brasas"*, piensa con negra ironía. Mueve la pesada ametralladora inquieto en dirección a cada movimiento que logra apreciar, hasta que los ve, frente a él, en una de las plantas paralelas. Una multitud de al menos cuarenta seres, corriendo. El artillero alerta justo a tiempo a sus compañeros, quienes levantan sus armas en el mismo segundo en que los primeros infectados intentan saltar al helicóptero. Y a la voz de "fuego", un millón de proyectiles llueve sobre la jauría rabiosa. Robert es testigo de los impactos en el pecho de varios de los seres, y de cómo acto seguido caen hacia atrás, tan solo para después incorporarse a la persecución y probar suerte arrojándose al vacío. Detrás de él escucha a su oficial gritándole al piloto -¡elévate, elévate!, ¡los tenemos encima!-. Justo en ese momento una mano se aferra al cañón ardiente de la ametralladora del helicóptero, mientras otra intenta atrapar su brazo. Uno de sus compañeros descarga cuatro tiros a quemarropa en la cabeza del cadáver viviente que colgaba del lateral del helicóptero mientras se aferraba al arma de Robert, propiciando su caída al vacío. El helicóptero se alza unos metros y después gira de forma inesperada, desestabilizado. El artillero ve, con horror, al hombre que le había salvado segundos antes precipitarse a las calles sobre la horda incansable. No puede hacer nada para evitarlo, ya que tiene que sujetarse con todas sus fuerzas para no seguirle en su mismo destino. Mira a su espalda y observa a su oficial forcejear con uno de los sangrantes, quien de alguna forma se había colado. Puede advertir como el uniforme del oficial se mancha de sangre. Otro de los soldados golpea al ser con la culata, mientras el oficial suelta una serie de improperios al recibir otro mordisco en el brazo. Robert agarra su ametralladora de nuevo y advierte como varios de los cadáveres reanimados se precipitan al vacío. El helicóptero vuelve a zarandearse y se oye una explosión en el techo. El rostro del piloto muestra pánico. El otro vehículo aéreo del convoy, que va delante, se mueve de forma errática. En su interior se encuentra la Unidad Escorpión, batiéndose cuerpo a cuerpo por su vida. En cuestión de segundos, todo se oscurece, y un último pensamiento cruza su mente *"joder... voy a morir"*.

———————————

Abre los ojos. Todo gira a su alrededor, y el cuerpo lo siente roto. *"Me han cogido, me han encontrado, dios..., estoy acabado, Vito les pagará bien, por matar al traidor..."*, piensa acelerado. Ve una sombra acercándose hacia él. Con su mano se palpa el pecho en busca de su Colt, pero no encuentra la correa. Entonces, histérico, recuerda que su pistola está en el cinturón, la agarra y descarga seis balas sobre su enemigo en llamas… ¿en llamas? De forma repentina vuelve a la realidad, y el accidente se repite por momentos en su mente. Intenta levantarse y un fuerte mareo lo tumba. Busca a su atacante y lo ve en el suelo, consumiéndose por el fuego. El calor le golpea el rostro, alertándolo de que tiene que correr. Así que con mucha fuerza de voluntad se levanta y busca con los ojos algún arma más contundente. Lo primero que ve es el gesto burlón de la risa de un piloto que le mira con ojos vacíos. Tiene el cuello roto y su cabeza cuelga de una forma anormal. Después, localiza a su oficial, un sangrante sostiene su cabeza entre las manos y la devora con frenesí. Ya es demasiado para su estómago, y sin poder evitarlo expulsa el contenido de su almuerzo, lo que alerta al no-muerto, quien suelta lo que le quedaba de su "merienda" y comienza a arrastrarse hacia Robert. El gánster agarra un fusil de asalto M16 que encuentra no muy lejos y apunta al ser. Este, sin inmutarse, avanza hacia él. Robert dispara una ráfaga intensa. Busca con la mirada alrededor, sin ver a ningún miembro más de su equipo, al menos ninguno con vida. Así que intenta levantarse por segunda vez, y a pesar de los temblores de la pierna derecha, lo consigue. Sabe que pueden llegar más de esos seres. Siente movimiento a su espalda, se gira esperando ver a otro superviviente, pero en su lugar ve otro de los monstruos abalanzándose sobre él. Con una maestría inusitada usa la culata del arma con contundencia. Descarga un primer golpe que derriba a su atacante, y luego prosigue con una secuencia de golpes rítmicos, los cuales consiguen hundir la cabeza sangrante.

-¡Soldado!, ¿cuál es su estado?- Robert se sobresalta al escuchar una voz con marcado acento americano. Se trata del capitán de la otra unidad.

-Estoy bien, nada que no se pueda curar con un whisky y una partida al póker- responde haciendo un guiño.

-¡Vámonos, no tenemos tiempo!

El helicóptero de la Unidad Escorpión sobrevuela el área con los arneses colgando. Primero llega Trussoni asegurando su anclaje, después Moody. Ambos levantan el pulgar y las cuerdas comienzan a ascender. Brooks y Robert mantienen a raya a los pocos enemigos que logran acercarse. Cada vez son más conscientes de que aquellos a los que se enfrentan no pertenecen a este mundo…

El mundo

Nueva Babilonia

Desde su radio portátil sonaba su canción country favorita, Ronny la tarareaba con la mirada perdida en las franjas blancas y grises del televisor, inmerso en el recuerdo del día que la conoció. En el suelo, cerca de él, un revolver con algunos casquillos tirados le recordaban la horrible escena que encontró al llegar al lugar en el que le esperaba su novia.

-La oscuridad está en todos nosotros, no hay salvación- decía a los cuerpos sin vida tapados con toalla. Él jugaba con una bala en sus manos, y con la otra acariciaba la silueta del rostro del amor de su vida. Un rostro que ya no podría mirar. Pensó en que quizás hubiera sido mejor aceptar la oferta de Joseph y quedarse en las oficinas con él, así no habría conocido el destino de su amada.

-Es momento de que me una a ti-. Recogió el revólver y abrió el percutor. -Joseph, espero que a ti te hayan salido mejor las cosas-. Introdujo la bala, se apuntó a la cabeza y sonrió -te veo muy linda, flor mía- apretó el gatillo y su sombrero se deslizó por su rostro, ocultando sus ojos muertos.

Capítulo 13

El miedo a la pérdida

"Nos superan en número, toda la unidad ha caído, ¡evacúennos ya!"
Cabo Stillson, sexto regimiento de Grupo Origen.

Nueva Babilonia

Joseph logra subir tres plantas hasta que una segunda horda le corta el paso. Se adentra en la planta, algo iluminada por el sol gracias a una de las oficinas que permanece con la puerta abierta. Corre todo lo que puede y tropieza con un oficinista que tiene la cara desgarrada. Rueda por el suelo evitando un mordisco, se levanta de un salto y le dispara la última carga de la escopeta. Entra en la oficina y cierra la puerta tras de sí. Observa a su alrededor y ve lo que parece ser un despacho de reuniones, con la típica mesa grande y diez sillas. Se acerca a la mesa y la vuelca de lado. Empieza a arrastrarla con dificultad, pesa mucho. La puerta retumba con los fuertes golpes de sus perseguidores y comienza a resquebrajarse con rapidez. Joseph pega su espalda a la cristalera consciente de que llega su final, cuando oye algo golpeando la cristalera desde afuera. Mira a su espalda y ve a un hombre de mantenimiento señalando un pestillo. El hombre está en una plataforma elevadora por cables, de esas que se usan para la limpieza exterior de las ventanas de los rascacielos. Joseph abre el pestillo en el momento en que la puerta termina de ceder y cae al suelo. Los corredores entran en estampida. Snow da un salto y se sitúa en la plataforma sin darle tiempo a cerrar tras él.

-¡SUBE!- le indica apresurado Joseph.

El operario pulsa un botón y la plataforma empieza a subir. Joseph golpea la cabeza a los corredores con el mango de la escopeta. Algunos se aferran, intentando subir a la plataforma.

-¡Se está cambando!- grita el operario por encima del viento.

Poco a poco Joseph consigue librarse de la carga extra, hasta que el último corredor cae al vacío. En ese momento, el operario detiene la plataforma.

-Por poco. Me llamo Austin Wrek.

-Yo soy Joseph Snow.

-¿Y ahora qué?, llevo horas intentando entrar, pero todas las ventanas están cerradas.

-¿Y la azotea?

-No podemos, allí están mis tres compañeros..., bueno ya sabes lo que le pasa a la gente en esta jodida ciudad.

-Estamos jodidos

-¿Tu móvil funciona?

-Ninguno, por eso estoy aquí, Austin. Tenemos que destruir las antenas que han puesto en la azotea.

-Técnicamente la torre no está terminada, así que no es la azotea, es algo provisional- afirma el operario con gesto grave.

-Tenemos que subir, hay dos personas subiendo por el sistema de ventilación para desactivar las antenas.

-Yo allí no voy, están mis tres compañeros y el ser que los mató, incluso puede que hayan llegado más monstruos.

-Es la única salida.

-Vamos, pero no me gusta nada el plan.

———————————————

Sheryl y Marcus miran por la rendija. El viento es muy fuerte a esta altura, tanto que no pueden escuchar si hay alguien más en la azotea. -Salgo yo- dice el hacker. Quita la rendija y sale mirando alrededor. Nada más levantarse, ve a cuatro corredores apelotonados al borde norte. La altura de la pared que bordea la azotea es lo suficientemente grande como para que estos no se puedan tirar. Es como si estuvieran esperando la comida, están excitados, gritando y zarandeando el muro para arrojarse al vacío. Marcus da gracias de que el viento no le deje escuchar los gritos guturales. Sheryl sale y le agarra del hombro, sobresaltando al adolescente. -Vamos- le susurra al oído.

El chico conecta su portátil a la antena de última generación. Abre el ordenador y espera a que cargue el sistema. Mientras, Sheryl vigila a los seres agachada tras varios motores que alimentan los sistemas de calefacción. De forma repentina, uno tras otro empiezan a caer al vacío. Sheryl ve como una mano se aferra a las cabezas de los seres y tira de ellos, haciéndolos desaparecer. Ella contiene la respiración, hasta que cae el último de ellos y surge de la nada Snow con otro hombre de mono azul.

Sheryl se levanta y se acerca a Joseph tirándose a su cuello con un agradable abrazo.-¡Estas vivo!

-¿Lo dudabas preciosa?- le responde Snow, -y este es Aust… - un corredor que no vieron se lanza al cuello de Austin y por el empujón, ambos caen al vacío.

El Mundo

Nueva Babilonia

Novinsky estudió a cada uno de los hombres que tenía frente a él de rodillas, amordazados. Mientras, sus compañeros vigilaban el perímetro del improvisado refugio.

-Entonces no habéis visto esto... una última oportunidad os doy -dijo enseñando unos viejos bocetos de una gran piedra circular con extraños símbolos. -Es una pena...

-¡Por favor!

Novinky se acercó al que imploraba y le disparó en la cabeza. -¿Quién es el siguiente? Pito, pito, gorgorito, quién será, serás tú- le disparó en la cabeza a otro de ellos, y así hizo hasta que en el habitáculo quedaron siete cadáveres.

-Que pérdida de tiempo...

Capítulo 14

El Hacker

**"Huid vosotros, os daré el tiempo que pueda, ¡sobrevivid!"
Dean Cromwell, maestro de artes marciales mixtas.**

Nueva Babilonia

Joseph escucha las explosiones en la lejanía. A lo lejos ve dos helicópteros, uno de ellos se acaba de estrellar y el otro lo sobrevuela. Sheryl está a su lado, mientras que Marcus permanece absorto en la pantalla de su portátil.

-No entiendo tanta muerte- lamenta Joseph, observando al cataclismo que les rodea.

Sheryl por su parte lo abraza y hunde la cara en su pecho. Joseph nota las lágrimas humedeciendo su camisa. Por unos instantes acaricia el cabello de ella, absorto en sus pensamientos, hasta que un grito saca a ambos del momento. Joseph ve a Marcus forcejeando con una criatura que había arrastrado lo que le queda de cuerpo hasta el joven hacker. Joseph se acerca corriendo y agarra al ser por la espalda. Lo levanta y lo lleva al borde de la azotea, desde donde lo lanza al vacío.

-¡JODER, JODER Y JODER, ESTOY JODIDO!- La espalda de Marcus se está empapando en sangre. -¡ME HA MORDIDO!

Joseph dirige una mirada a Sheryl y se acerca a Marcus -Lo siento…- empieza a decir.

-¡Lo siento dices, corta el rollo!, ¡hemos venido aquí por algo, intentaré acabarlo y después me tiro, con un salto del ángel!, mucho he durado en este infierno..., ¡JODER! Se acerca a la pantalla del portátil y prosigue tecleando. Joseph se sitúa a su lado y mira la pantalla, en ella aparecen un montón de números y comandos que no entiende. -Aún me falta, no sé si terminaré- farfulla Marcus entre temblores.

La mano derecha del chico se mueve sin control de forma espasmódica. Sus lágrimas se vuelven rojas. -Lo intento, lo intento, lo intento- se repite a sí mismo con histeria.

Sheryl llora, algo alejada de ambos.

-No puedo, ¡JODER!- grita Marcus aporreando ya las teclas sin mucho sentido -¡casi lo tenía!- La sangre brota de sus oídos, de su nariz,… -No hay tiempo- se levanta y corre hacia el otro extremo de la azotea. Una de sus piernas falla y cae al suelo. Todo el cuerpo le está convulsionando.

-¡ALEJAOS, ALEJAOS!- grita.

El chico logra ponerse en pie a pesar de las convulsiones. Se encarama al alféizar, levanta sus manos y grita -¡soy libre!- al tiempo que su voz se transforma en un grito gutural y se lanza al vacío.

Joseph se queda sentado, embargado por las lágrimas, y Sheryl se apoya en una pared mirando al cielo. Así permanecen unos minutos, sin decir nada. Joseph recobra la fuerza, se levanta y mirando la antena con rabia empieza a murmurar -estoy harto, personas buenas mueren por vuestra culpa, ¡cabrones!- se acerca a la antena y empieza a dar vueltas alrededor de ella.

Una antena grande, de tres metros de alto y tres de ancho. De color blanco, parecida a un platillo volante. Coge una llave inglesa que encuentra en el suelo y empieza a desatornillar los anclajes que la aseguran al suelo. -No has muerto en vano, chico-.

Tras una hora, ha terminado. Ya están todos los anclajes sueltos. Intenta arrastrarla, pero le es imposible. Pesa demasiado, así que se acerca a una caja de herramientas que debió de dejar tirada algún operario de mantenimiento, y saca de ella una cuerda metálica. La ata a uno de los lados de la antena y la pasa por una de las chimeneas del aire acondicionado. Repite esta acción dos veces, creando un sistema de poleas. Luego, se dispone a tirar, gritando por el esfuerzo. Entonces el metal cruje, y la pesada antena empieza a moverse, primero unos centímetros, después unos metros. Finalmente cae al vacío, chocando contra el pavimento.

-Nos vamos, Sheryl.

Dirige a Sheryl hasta la plataforma por la que él había subido, la ayuda a saltar y empiezan a bajar, planta a planta. En algunas oficinas presencian escenas de horror, otras muchas están vacías. Llegan a la planta veintiséis y descubren que la plataforma no baja más. Está averiada. Por suerte, la ventana de ese piso está entreabierta. Entran con sigilo, comprobando que no hay nadie. La puerta de la oficina también está abierta, y a través de ella ven uno de los pasillos que dan a las escaleras.

-Si nos quedamos, moriremos. Hay que estar en movimiento. Cogemos un jeep, y salimos de la ciudad. Yo te cuidaré Sheryl, te lo prometo.

Salen de la oficina y descienden por las escaleras. Nada más empezar a bajar, ambos escuchan los gritos guturales de los corredores. Aceleran el paso, sin mirar atrás. Oyen pisadas, y calculan que unos cinco seres podrían estar muy cerca. Joseph tropieza y cae. Sheryl no puede evitar caer con él y ambos quedan unos segundos tendidos en el suelo, esperando ver a sus perseguidores, en silencio e inmóviles.

Estos no llegan, así que se levantan con sigilo, mirándose

el uno al otro, no saben por qué ya no hay corredores tras ellos. Y entonces lo comprenden, los gritos de una mujer dos plantas arriba les confirma que se habían topado con otra víctima…

Joseph agarra la muñeca de la Sheryl y con el dedo índice le indica que no haga ruido.

-¿Sabes si podemos encontrar algún arsenal o algo en el edificio?

-En la planta veinte guardan el arsenal de los vigilantes.

-¿Cómo sabes eso?

-Salía con uno de ellos, hace algún tiempo.

Las escaleras están pensadas para que cientos de personas las usen a diario, por eso son muy espaciosas y en cada rellano de las plantas inferiores a la treinta hay extintores. Joseph coge uno de ellos y comprueba su peso -No nos servirá de mucho pero es algo-.

Sheryl presiente que algo va muy mal, lo nota en cada poro de su piel. Su minifalda está manchada de sangre al igual que su chaqueta. Se siente sucia e incómoda, así que se quita la chaqueta rosa y se la anuda alrededor de la cintura. Al hacerlo su camiseta de tirantes blanca, que no oculta mucho su sujetador rojo, se rueda un poco. Joseph se acerca a ella y se la coloca con una sonrisa sincera, similar a la de un niño.

-Tranquila, saldremos de esta-.

Ella se abraza a él con fuerza y descansa sobre el duro torso. El rudo capataz posa su mano en la espalda de ella, mientras que con la otra sostiene el extintor sin soltarlo.

-¿Cómo sabes que saldremos de aquí?- pregunta Sheryl entre sollozos. -Todos los de esta ciudad han muerto, puede que seamos los últimos.

-Seguimos vivos, no nos pasará nada.

Sheryl acaricia el rostro de Joseph y acerca sus labios, deseosa de consuelo. Él aparta su rostro y le besa en la mano. -Vámonos- dice, y comienza a bajar las escaleras, sujetando el manguito del extintor.

Sheryl baja tras él al siguiente nivel, con sus manos posadas en su espalda. Siente la cara empapada en lágrimas, y se dice en silencio a sí misma "*tonta, tonta, tonta*".

Joseph escucha un ruido a la espalda de ambos y justo logra lanzar a Sheryl contra la pared. Bajando tras ellos hay un no-muerto, vestido con parte de un traje antidisturbios, que casi alcanza a agarrarla a ella. Joseph tira de la manilla del extintor y rocía desde muy cerca al ser. La piel del corredor cae por la fuerza del chorro de gas, sin causarle más daño. Joseph le da la vuelta al extintor y le golpea en la cabeza, la cual está protegida por un casco. Sheryl permanece en el suelo, gritando de horror. Sus gritos llegan a las plantas aledañas, atrayendo más de ellos, que corren haciendo mucho ruido. Joseph lanza por las escaleras al antidisturbios, sin apenas haberle causado daños. Quiere echarse a correr pero se encuentra con tres más subiendo los primeros escalones, y otros seis bajando desde arriba. Lo primero que logra hacer antes de que los alcance el más rápido es tirar de la camiseta de la chica y ponerla en la esquina tras él. Al hacerlo, se queda con la prenda blanca de ella en las manos, y la usa para envolver su puño.

Al primero le descarga un duro puñetazo de boxeador, que lo lanza escaleras abajo. Otros dos sustituyen rápidamente al anterior, y Joseph les propina una patada que derriba a uno y lanza al otro encima del primero que tumbó, que volvía a ascender. El que se encuentra más cerca en el suelo recibe un fuerte pisotón con la bota reforzada de obra que lleva Snow, que hunde su cráneo. Sheryl observa con el rostro lívido, mientras se tapa con las manos el sujetador y se apretuja contra la esquina. Es testigo de que uno de los que viene desde arriba ya se encuentra a unos pocos centímetros de Joseph, y ella en el pleno acto de valor de alguien que ya no tiene escapatoria, ataca desquiciada al corredor. Se quita la chaqueta anudada a su cintura y le atrapa la cabeza justo antes de que mordiera el brazo de Joseph. Le envuelve y le da un empujón que lo tira por las escaleras. Joseph acaba de eliminar a otro de un pisotón, cuando ve a uno caer por las escaleras con la cabeza enrollada. Por un momento teme que hayan alcanzado a la chica, gira su cabeza y asombrado la ve agarrar la cabeza de otro que le intenta morder en el cuello. Sin pensárselo coge al corredor por debajo de los brazos y lo arroja. Agarra de la mano a Sheryl y se echa a correr hacia abajo, derribando a los que se interponen ante ambos, como lo haría un jugador de fútbol americano. Sheryl se tropieza y casi tira a Joseph, quien se detiene un segundo para sujetarla. Con rapidez da un salto y ambos atisban el siguiente rellano. Allí, un chico negro forcejea con un grupo de nueve no-muertos. Uno de ellos muerde su cuello con fuerza mientras los otros empiezan con el festín. Snow se da cuenta de que ella va a comenzar a gritar y le pone la mano en la boca. Con su otra mano rodea su torso y la arrastra hasta una puerta abierta, encerrándose allí al entrar. Ella le golpea en el pecho, descontrolada. -Pierce… Pierce- dice con su voz ahogada.

Él la abraza y aprieta su cuerpo semidesnudo. A su alrededor, cientos de peluches de animales felices, a precio de saldo, les sonríen con sus ojos vacíos. Joseph fija su vista en un estante repleto de tazas, donde se lee *"Nueva Babilonia, el ·Edén en la Tierra, disfruta de los placeres, del Oasis en la Tierra."*

Al otro lado de la puerta se pueden oir constantes ráfagas de disparos de armas automáticas, demasiados disparos para ser un grupo cualquiera de supervivientes.

-Militares- susurra Joseph. También se oyen gritos guturales de corredores. Joseph no confía en los soldados, ella al contrario escucha los disparos con esperanza.

-No sabes para qué vienen los soldados, ni si quiera sabemos realmente si son soldados.

-Nos van a salvar- dice ella ,con un brillo en los ojos.

-No todo es lo que parece, quizás vengan para matarnos a todos. Si se trata del "Grupo Origen"... es como trabajan- afirma él con dureza.

-¿De qué hablas?- ella permanece acurrucada a su salvador, comienza a tener frío.

-Ellos están detrás de todo lo turbio. Mataron a mi hermano cuando salvaba vidas para la Cruz Roja.

-No te entiendo, ellos nos protegen.

-Es un engaño, han engañado a todos.

-Si es así, ¿qué haces aquí?

Joseph la observa dudando si contarle lo que sabe. El rostro de miedo de ella es cristalino. En ese momento Snow es consciente de que es poco probable de que al anochecer sigan vivos. -En realidad no trabajo para industrias Svolen...- deja un espacio de tiempo en silencio, -trabajo para un grupo llamado Resistencia Global. Luchamos contra el Grupo Origen e Industrias Svolen a lo largo de todo el mundo, porque realizan prácticas que no se pueden tolerar. Sus pecados van desde genocidios a golpes de estado, pasando por destrucción del medio ambiente, trabajos biológicos y víricos, industria armamentística...Es una organización que hay que destruir.

Sheryl lo observa, pero parece no entender lo que está diciendo Snow. -Pero si industrias Svolen cuida de nosotros, mejora nuestra calidad de vida.

-Dirás que nos lavan el cerebro y que experimentan con nuestra salud - le indica Joseph.

Ella agacha la cabeza unos momentos. -¿Me dejas tu camisa? Tengo frío- Él se quita su camisa y la cubre con ella. -Tengo miedo Joseph.

-Yo también, Sheryl.

El mundo

Washington

El multimillonario observaba en su despacho su reciente adquisición, un cuadro que contemplaba con interés, "Las Edades y la Muerte" del autor Hans Baldung Grien. Se recreaba en su comprensión de aquel cuadro, conociéndolo, temiéndolo y venerándolo.

-Pronto, la Parca olvidará mi nombre, mi cara y mi hogar. Y aquellos que serán mis siervos me adorarán y temerán igual que a ella- sacó de su bolsillo un grueso anillo de oro y acarició el relieve del sello. -Puede que no sea de su linaje, pero soy un iniciado y como tal su poder será mío, pronto...

El interfono de su mesa sonó, él se acercó con calma. -¿Qué quieres?

Una voz carraspeó incómoda al otro lado -el congresista Compton está aquí, y trae los documentos que le pidió.

-Que pase.

La puerta se abrió y por ella cruzó un hombre de cincuenta años, con el pelo canoso.

-Roger Compton, veo con placer que traes lo que es mío-

dijo satisfecho William Svolen. El hombre se adelantó hasta la mesa y le dio un fuerte apretón de manos -¿Ese es mi dossier?- preguntó Svolen.

-Si Sr. Svolen, y como pensábamos el gobierno tiene varios agentes dentro de Industrias Svolen.

Svolen se acarició el pelo repasando la lista con calma, nunca mostraba sus sentimientos en público y esta no era una excepción. -Cincuenta agentes, varios de ellos ya los sospechaba- dijo tras terminar la lista. Después, pulsó el interfono -Melania, ven un momento.

-Enseguida Sr. Svolen-. Tras entrar al despacho y cerrar la puerta, sacó un bloc de notas y un bolígrafo -Dígame que desea Sr. Svolen.

Svolen sonrió al congresista y sacó una pistola. -Melania. Quiero que estés atenta a lo que aquí se diga-. Ella, tensa, parecía no comprender bien la situación. -Ha hecho un gran trabajo congresista. ¿Le gusta mi pistola con relieves de oro?, la llamo Heraldo de Muerte, es parte de un juego de dos armas que me regaló el anterior presidente de los Estados Unidos, por mis servicios.

-Sí- atinó a responder el congresista incómodo, adivinando el cauce de los pensamientos del magnate, famoso por lo sádico de sus métodos.

-Bien, pues quiero que me demuestres tu lealtad. Así que coge a "Heraldo de Muerte" y dispara contra el pecho de esta mujer, que está aquí con nosotros, tratando de engañarnos.

-¡¿Svolen?!- exclamó agitada Melania-. La mujer quedó paralizada en su sitio

-Hazlo, pero no la mates enseguida, que sea lento-. Svolen se levantó y rodeó a la chica, poniendo su dedo índice en el esternón -Aquí- dijo, con el mismo tono de un niño.

El congresista electo cogió el arma y apuntó a la chica, mirándole a los ojos -no es necesario que lo haga yo- pidió a su extorsionador incómodo, la pistola se le resbalaba en la mano sudorosa.

-Tú has traído la lista y para demostrar que tu nombre no está borrado, vas a dispararle. O te incluiré en ella, créeme, no sería muy agradable-. El congresista miró a los ojos de la secretaria -lo siento- y le disparó en el esternón.

Ella cayó al suelo con un golpe seco, lloraba e intentaba gritar, pero el gorgoteo de su propia sangre se lo impedía.

-Puede irse, congresista- y sin apartar los ojos de la moribunda sonrió y señaló a la cámara medio oculta en una esquina. -Ya eres parte íntegra de la Corporación Svolen, congresista Compton.

-Sí… lo entiendo Sr. Svolen-. El hombre abandonó el lugar apresurado, manteniendo a duras penas la compostura.

Melania comenzaba su muerte lenta y dolorosa, contemplada por Svolen exultante, que no perdía detalle de cada espasmo, igual que lo haría con una obra de arte…

-¿Te duele? Es solo el principio, señorita espía.

Capítulo 15

Operación de Rescate

"La guerra es la evolución de la sociedad, sin guerra quién sabe dónde estaríamos, quizás viviendo en cuevas."

León King, director de la CIA.

Nueva Babilonia

Trussoni acaricia la mano de Lidia, tras asegurarse de que nadie los observa. Todos vigilan el exterior conscientes de que no podrían resistir otra emboscada como aquella.

"Están muertos, no hay duda. Habrá que tener cuidado, parece que generan mucha sangre. Es posible que sea un método de contagio del virus, aparte de la mordida. Es probable que sea un arma biológica, de ahí que sea tan efectiva a la hora de extenderse. ¿Pero cómo logra que un huésped muerto siga actuando de agente patógeno activo?, ¿y cuál es el origen?", anota Moody en su bloc.

El capitán mira a Lidia inquisitivo -¿sabes algo sobre eso?- señala la horda de cientos que corren bajo el helicóptero.

Ella permanece unos segundos en silencio -puede, aún no estoy segura- contesta.

Trussoni espera unos instantes para que ella se aclare, aunque Lidia aparta la mirada dando por acabada la conversación.

Robert, tras escuchar a Moody, que tiene la costumbre de hablar mientras escribe, se percata de que su arma esta empapada de sangre. Saca un pañuelo y procede a limpiarla. Petrenko le da un codazo al capitán y señala los vehículos abandonados que sortean sus perseguidores.

-Hazlo- le ordena Trussoni al ruso al comprender el hilo de sus pensamientos.

El francotirador apunta al primer vehículo, una furgoneta Chevrolet Van del 2007 y espera a que la marea de no-muertos comience a bordearla, contiene el aliento y dispara. En los siguientes segundos una bola de fuego se eleva unos pocos metros, y varios de los seres caen al suelo, mutilados por la explosión. Otros, en cambio, continúan corriendo mientras arden sus cuerpos. El tirador realiza la misma acción una y otra vez, mermando las filas de la jauría.

-¡Con el helicóptero tan dañado no podemos arriesgarnos a subir, así que accederemos a pie por el portal de entrada!- informa Trussoni a gritos para que puedan oírle a pesar de las continuadas explosiones...-Lidia, tu esperarás en el helicóptero.

-Sin problema.

-Petrenko, te quedarás también, nos darás apoyo a través de la fachada de cristal-. Petrenko asiente y recarga el arma para continuar volando coches.

-Santana, se supone que nos espera en la entrada una unidad aliada que está desplegada para evitar que entren más infectados en el edificio. En caso de que sea necesario... tú cubrirás la recepción con la ametralladora pesada-. El legionario sonríe.

-No hay nada a lo que junto a Viki no pueda hacer frente- dice Santana acariciando su ametralladora Redfort R49.

El capitán dirige su mirada a los dos expertos en combate urbano, -Brooks y Robert, abriréis paso en el ascenso por las escaleras. El despacho que buscamos está en la planta cincuenta-. Ambos cierran el puño en alto.

-Moody, no te alejes de mí. Cuando subamos lleva el botiquín completo, no sabemos en qué estado estará el vip o sus acompañantes. Piloto, ¿cuánto nos queda?

-Diez minutos capitán.

-Ya sabéis todos lo que hacer...

Los detectores de seguridad suenan cuando Brooks y Robert

acceden a la Torre Alfil. El ruido seguramente atrae a los enemigos de las inmediaciones, pero deben continuar con el plan. Se apostan tras la barra de recepción y esperan unos minutos más por precaución.

-Entrada sin enemigos- confirma Brooks por la emisora.

Desde su posición, pueden escuchar los gritos de las plantas superiores, acompañados por sonidos agonizantes. Santana entra en el edificio y se sitúa junto a Brooks, mientras que el resto de la unidad toma sus posiciones. Coloca su apreciada arma sobre el escritorio de recepción. -Aquí los contendré si entran por la principal- le guiña un ojo a Robert -haré puré de infectado.

El capitán entra al edificio seguido de cerca por Moody. Barre con la mirada el lugar, examinándolo. Seguidamente dirige órdenes mediante gestos a los dos soldados, que abandonan a Santana y se colocan en los dos laterales de las escaleras.

-Bien, comencemos el ascenso. Santana, mantén la retaguardia segura. Tendremos que volver a salir por aquí- dice Trussoni, y todos asienten.

Al llegar a la primera planta Moody, Robert, Brooks y Trussoni se abren en abanico revisando los pasillos con rapidez, cubriéndose con cada pared y puerta como si de una unidad SWAT dentro de un gueto de narcotraficantes fuertemente armados se tratara.

-Limpio- informa Robert desde la posición más adelantada.

-Todo despejado- confirma Petrenko desde el helicóptero, el cual se encuentra dando vueltas alrededor de la planta.

Durante las siguientes seis plantas realizan la misma acción con idénticos resultados, hasta que llegan a la séptima. Brooks ve como una asistenta de limpieza ensangrentada por completo corre hacia ellos, le falta un brazo y tiene la ropa desgarrada. El soldado apunta a la cabeza de la que antes fue humana. Justo antes de apretar el gatillo, suena un disparo procedente de un pasillo lateral, eliminando a la chica de la limpieza.

-¡Identifíquese!- grita John Brooks.

-Pierce Emeth, seguridad de la torre- le responde una voz profunda.

-Somos fuerzas del Grupo Origen, ¡muéstrese!

Por el pasillo aparece un hombre negro, uniformado con un traje azul y una placa en el pecho -Empezaba a creer que no había nadie-. Cojea un poco del pie derecho. Robert señala con la mirada tratando de advertir al capitán -¿Está usted herido?

-Es solo un disparo, no me han mordido- asegura el vigilante con prontitud al ver que le apuntan con las armas.

-¡Súbete la pernera de pantalón!- Trussoni autoritario, no piensa arriesgarse.

Pierce se sube el pantalón, dejando ver un tosco torniquete. Moody se acerca y verifica la herida, después levanta el dedo pulgar y asiente mirando al capitán.

-¿Cómo se ha hecho ese disparo?- le pregunta el capitán.

El vigilante titubea un segundo -fuego amigo, mi compañero se infectó y creyó que le mataría.

-¿Sabe dónde está el despacho del Sr Stone?- continúa Trussoni.

-Sí, este es mi edificio.

-Llévenos- le ordena el líder de la unidad.

El grupo continúa ascendiendo, hallando poca resistencia en un principio, aunque va en aumento a lo largo del camino. En ocasiones escuchan el eco de la ametralladora de Santana, retumbando por las escaleras. Notan el sudor resbalando por su rostro mientras disparan de forma cada vez más constante e ininterrumpida. A este ritmo se quedarán sin munición en diez minutos, con suerte... doce. Mantienen el ritmo de ascensión a duras penas, y no pueden evitar preguntarse si realmente el hombre al que buscan ha sobrevivido en este edificio infestado. Robert deja colgando su fusil a la espalda y desenfunda una pistola de 9 mm, haciendo además un gesto a Brooks para que le pase la suya, y comienza a disparar con ambas armas. El gánster, que conserva una puntería excepcional, se arroja contra nueve infectados que corren al encuentro del grupo. Evan logra apreciar que todos los disparos aciertan certeros en sus cabezas.

-Así está mejor- dice Robert levantando las dos pistolas.

-Continuad- ordena el capitán.

El vigilante del edifico observa el letrero, con una clara muestra de desesperanza: *"planta veinte"*. Hace rato que ha gastado sus balas, está desarmado. Saca su móvil y enciende la pantalla, en la que aparece una foto de él con su linda secretaria rubia. -Los móviles no tienen señal- responde cuando descubre que el capitán lo observa.

Moody saca el penúltimo cargador de su fusil y agarra con fuerza la biblia que lleva en el bolsillo del pecho, buscando más fuerza. -Ave María Purísima, protégenos…- Trussoni le dirige una mirada que lo silencia antes de poder terminar su oración.

En los segundos siguientes, todos escuchan los gritos de una mujer que proviene desde algún lugar de las plantas superiores. Pierce Emeth, nada más escucharlo, sale en desbandada hacia arriba, abandonando la seguridad de la Unidad Escorpión.

Evan conserva la calma -¡No perdáis la formación, seguid

subiendo!

Robert abre camino, está en el centro de las escaleras sin perder de vista lo que pueda aparecer desde arriba. Tras él esta Brooks con su fusil, agachándose cada tres pasos y asegurando el perímetro con un barrido rápido de su mira. Trussoni y Moody vigilan la retaguardia.

-Líder Gris a Raptor Uno- Trussoni espera unos segundos la respuesta.

-Aquí Raptor Uno, a la espera de instrucciones- responde Alvin desde el helicóptero.

-Ascienda varias plantas, busque supervivientes. Hemos oído gritos y uno de los hombres está subiendo solo.

-Entendido, le daremos cobertura- responde, esta vez la voz del francotirador Petrenko.

En la siguiente planta un grupo de catorce infectados sube como una jauría de lobos, por las escaleras, seguramente tras Pierce. A la unidad no le cuesta mucho eliminarlos desde las escaleras del nivel inferior aprovechando el amplio espacio del hueco de las escaleras. Algunos cadáveres mutilados caen para estrellarse contra el suelo de la primera planta.

La puerta de la habitación revienta y la pequeña tienda de souvenirs se llena de hombres armados. Joseph se levanta de un salto y sitúa a Sheryl tras de sí. Todos los presentes llevan uniformes negros, sin distintivos, aunque sus armas los delatan como miembros del Grupo Origen.

-¿Quién eres, y qué haces aquí?- le pregunta a Joseph un hombre rubio de ojos azules, con un marcado acento americano, el mismo que tiene él.

"Probablemente venga de la misma ciudad que yo, San Francisco" piensa Joseph, quien responde -trabajo aquí, departamento de obras, me llamo Joseph Snow-.

El rubio, aparentemente el líder, le pregunta sin dejar de apuntarle con su fusil -¿sabes algo de Dave Stone?

Snow los contempla y se da cuenta de quienes son. Por su mente pasan los momentos más dolorosos de su vida, el equipo de extracción y limpieza de Origen... Recuerda la matanza que vivió en el Congo, los reconoce a todos ellos. *"Quieren lo que encontramos"*, se convence en segundos. -Dave ha muerto, yo maté a su cadáver reanimado con una tubería de hierro- les miente con la esperanza de librarse de ellos.

Dos de los soldados se miran indecisos, -¿Sabes algo de este sitio?- le enseñan las fotos que tomó Dave a la reliquia. Él niega con la cabeza.

Trussoni recuerda su cara, aunque no sabe bien de qué. Su acento es de San Francisco, quizás lo había visto allí. *"No... no es eso...",* piensa, y entonces busca entre las cuatro fotos del mail de Dave. En el marco de la puerta aparece Pierce Emeth con el uniforme ensangrentado, y por su boca sale una colección de ruidos guturales. Una bala atraviesa la cristalera desde afuera y le abre un agujero en la cabeza. Sheryl grita desconsolada y Brooks da un paso para golpearla, a lo que Joseph responde anticipándose con un puñetazo en plena cara que coge al soldado desprevenido. Brooks retrocede sorprendido y apunta con su arma a la frente de Joseph.

-¡Relájese soldado! Y tú, Joseph, controla a la chica, o lo haremos nosotros-. El capataz les mira con odio y agarra a la chica, poniendo la cabeza de ella en su pecho.

Trussoni retoma las fotografías, -aquí estás...- le dice a Joseph señalando una de las fotografías en la que él aparece en segundo plano.

Una hora después

"Joseph nadaba a favor de la corriente del río, sentía frio y sus músculos estaban agarrotados. El agua le había calado muy

dentro, aunque eso no le evitaba sentir el sabor de sus propias lágrimas. Cuando vio la roca fue demasiado tarde, el golpe fue muy duro y casi perdió la consciencia. El hombre que estaba a su lado nadó unos metros más hasta que el sonido de un disparo precedió a que brotara una flor de sangre en su cabeza.

No sabía cuánto tiempo había permanecido tirado allí, con la sangre empapando su rostro, con el fuerte dolor en el costado. El cadáver de quien le salvó la vida en el campamento siguió la corriente. Una vez hubo llegado a la orilla, intentó arrastrarse y lo consiguió durante unos metros, hasta que aparecieron a su lado unas botas militares y recibió un golpe con la culata de un fusil en la espalda...

Allí, en pie, permanecía un ruso con su fusil de francotirador. Le levantó la cabeza para observarle el rostro -un yanqui, debes de ser el hermano del médico. Os metisteis en aguas peligrosas. No eran asuntos para husmear. Aunque no lo sabes, ya estás muerto -. Dejó caer su cabeza al suelo -Aquí Petrenko. Área limpia, regreso a punto de extracción- le pegó una patada en el costado -no te ahorraré el dolor, yanqui. Cuando llegue el frío de la noche, llorarás como una niña... no durarás..."

Joseph regresa a la realidad para sentir el impacto del último puñetazo de Brooks en su cara. Le duele todo el cuerpo después del largo interrogatorio.

-Ciertamente tenemos un tipo duro aquí- dice Brooks saboreando cada golpe.

Al final, el rudo capataz no tiene más opción que decirles lo que quieren oír. Sabe que si no coopera le harán daño a la chica, y eso no se lo podría perdonar... escupe algunos esputos de sangre. -¿Y ahora qué?- le pregunta Joseph con una sonrisa al rubio.

Trussoni lo contempla con admiración -te vienes con nosotros.

Tras terminar de romper la cristalera exterior de la tienda de regalos, en la planta veintitrés, todos saltan al helicóptero. Entre ellos, un Joseph con el rostro amoratado por los golpes. Sheryl se abraza a él con fuerza sin saber bien qué ocurre. Trussoni repite en su mente los gritos de un Santana tan asustado que había hablado en español y no en inglés *"Son miles, están entrando todos, no puedo contenerlos por lo que más queráis no bajéis o moriréis a mi lado...aaaggg jodidos cabrones"*. Lidia contempla el rostro de Evan, consciente del hilo de sus pensamientos. Cuando está cerca, le roza con su mano y le dice con el movimiento de sus labios -todo saldrá bien, no te culpes, él lo sabía.

Brooks vigila con su fusil a los dos "invitados" -casi cuela, amigo.

Joseph bulle de ira en su interior. Aunque se muestra servil, solo espera el momento oportuno para liberarse.

-Piloto, vayamos al distrito trece, dirección norte. Junto a un rascacielos dorado, ahí está el hallazgo- indica Trussoni.

-Entendido.

Durante el viaje, el capitán mira extrañado a Joseph, ¿Por qué un simple capataz de obra se había negado con tanta insistencia a darles esa información? ¿De dónde salía todo ese odio? ¿Cómo se las había apañado para sobrevivir? Son preguntas de las que no le gusta desconocer la respuesta. Lo que sí sabe y no puede negar es que es un hombre de secretos, y con mucha resistencia.

-Piloto, busque un edificio alto, que podamos defender con facilidad. Será mejor descansar unas horas- ordena Evan Trussoni, al comprobar que sus hombres están igual o más cansados que él. Casi no puede sentir sus piernas y brazos.

-Señor, esa torre de vigilancia nos puede servir, tiene un helipuerto, y podremos llenar el tanque.

-Bien. Aterricemos.

El mundo

Nueva Babilonia

Edgard Támiz permanecía tumbado en el asiento trasero del Ferrari, con su posesión más preciada, su cámara de fotos, en la mano. Sus manos le temblaban, ya era el tercer día que permanecía escondido, alimentándose de latas de refrescos y patatas rancias. Oculto gracias a los cristales tintados del vehículo, había sido testigo de los horrores que impregnaban de muerte las calles de Nueva Babilonia. La sed comenzaba a hacer mella en él, mucho más que el hambre o el propio calor del desierto que calentaba el interior del deportivo. No lograba entender qué estaba pasando, solo sabía que la gente se había vuelto loca y andaban matándose unos a otros. Comprobó su móvil desesperado, al igual que había hecho a cada hora desde que todo empezó, con igual resultado, sin cobertura. Lo peor, aún los oía por allí afuera, muy cerca del coche, corriendo de aquí para allá. Levantó la cabeza un poco y vio los destrozos. No pudo contener las lágrimas por undécima vez. -Vine aquí, para fotografiar lindas modelos en bikini y "topless", solo eso. Yo debería estar en los Ángeles- se lamentaba. Algo llamó su atención, rompiendo el hilo de sus pensamientos. En el suelo, a unos diez metros de él, vio una botella de agua cerca de la rueda de un camión. Miró a su alrededor y observó a dos corredores dándole la espalda, parecían olisquear el aire. *"Este es mi momento, puedo hacerlo, me duelen los labios de lo agrietados que los tengo"*. Abrió la puerta con cuidado de no hacer ruido e intentó levantarse. Tenía los músculos tan entumecidos que le fue imposible. *"Necesito el agua, no puedo echarme atrás, no lo haré"*- pensaba dándose ánimos. Se arrastró fuera del coche y comenzó a avanzar centímetro a centímetro, tirado en el suelo sin perder de vista a los dos maníacos, quienes seguían dándole la espalda. El suelo tembló bajo su cuerpo, vio la gravilla danzar a su alrededor. -No me gusta esto, no me gusta, nada- comenzaba a perder los nervios. Se desvió de su camino y se acercó al coche verde donde yacían los restos descuartizados de una de sus amigas. Le estremeció el grito gutural de uno de los maníacos y se dio cuenta de que había advertido su presencia. Intentó levantarse, pero sus piernas seguían entumecidas. Se lanzó bajo el coche con las pocas fuerzas que le quedaban, como un peso muerto. Poco después se percató de que unas manos se aferraban a sus tobillos, y sintió cómo tiraban de él tratando de sacarlo de su refugio. La tierra temblaba aún más, y descubrió aterrorizado miles de maníacos corriendo por la avenida hacia él...

Capítulo 16

La entrada al Averno

**"La caja de Pandora no es una alegoría,
es una verdad profunda y oculta en el interior de la psique
colectiva."**
**Adan Meyer, catedrático de la Universidad Estatal de New
York.**

Nueva Babilonia

El helicóptero en el que viaja la unidad da un par de vueltas alrededor de la obra del rascacielos Smith. Desde las alturas pueden ver el profundo boquete excavado, en donde todo empezó. Brooks y Robert aseguran el perímetro tras descender los primeros en sus cuerdas. Después, el resto del equipo y sus invitados toman el suelo de la misma forma.

-¿Los accesos cerrados?- pregunta Trussoni al tocar suelo.

-Sí señor, cerramos el vallado sin incidentes- confirman los dos combatientes al unísono.

Joseph, por su lado, se dispone a buscar alguna salida a aquella situación, intuye que si Sheryl y él se quedan con ese grupo, no tardarán en morir ya sea a manos de la unidad o de los corredores. Desde su propio nerviosismo, con los músculos totalmente agarrotados, puede sentir el miedo reflejado en todos y cada uno de los miembros del equipo, que saben que se enfrentan a lo inhumano.

-Es aquí capitán Trussoni- dice Lidia apoyándose en el borde del agujero.

-Robert, elimine las momias de ahí abajo- ordena Trussoni sorprendido por la visión del interior del socavón. Dirige una mirada al equipo deteniéndose en el ruso -Petrenko, sube a la grúa y mantén los ojos bien abiertos, elimina todo lo que se acerque a esta posición- el ruso asiente mientras recoge del suelo su mochila de municiones. -Moody, Brooks, Robert y Lidia, bajaremos al interior-. Después Trussoni lanza una mirada a los dos civiles, -vosotros dos, ahora podéis elegir quedaros con nosotros o intentar sobrevivir en la ciudad por vuestra cuenta, la decisión es vuestra.

Joseph vigila al francotirador subir la torre de la grúa, observarlo le recuerda su misión, que sin duda ha marcado su vida hasta ese mismo momento. -¡Voy con vosotros!

Evan mira los ojos de Snow unos segundos, no se esperaba esa reacción. -No te daré ningún arma.

Joseph busca alrededor -lo sé-. Se acerca al andamiaje y encuentra en el suelo una barra de hierro, similar a la que usó contra los corredores -Con esto me basta y me sobra.

Trussoni desvía la mirada a la secretaria, que da un paso atrás incómoda. Se tapa el torso con una manta en la que se ve la cara de un osito amoroso, unos dibujos animados de la niñez del capitán. Ese detalle arrancó una sonrisa a Evan -¿y bien?- le pregunta a la chica.

-Yo voy donde este él- señala a Joseph, quien por un momento parece recordar que ella está ahí.

-Pues bien, ¡todos adentro!- ordena el capitán.

Descienden haciendo rafting al interior de la oscuridad. Evitan pisar los cadáveres momificados que yacen con boquetes en sus cabezas, tirados como muñecos de trapo, rotos y desmenuzados. El comunicador de texto de Brooks vibra, y sin que lo vean los demás se aleja del grupo y simula que estudia una de las momias, cuando en realidad lee el mensaje decodificado: *"Código Arpa, eliminar sujeto RL804, sujeto comprometido y confirmado, autorización de eliminación Ms1500Arf203. Orden secundaria, esperar a que el paquete y su portadora estén a salvo".* Cuando termina de leer se levanta. En ese momento Trussoni le está mirando, y le señala -Brooks, ayude a Robert a terminar de abrir esa puerta, hay que tirarla- le indica.

-¿Lidia qué es esto realmente?, no parece un yacimiento, es más parecido a un búnker de la Guerra Fría- le pregunta Trussoni a su amante, examinando la puerta metálica a medio forzar. Ella pasa su mano por el rostro de él, apartando un poco de arena -esto prueba el trabajo de toda una vida, tanto de mi padre como mío-. Saca su diario y comprueba algunos de los símbolos que encuentra grabados en el metal. -Estamos en la tumba del primer rey de la humanidad, aunque en sí, no es una tumba. Este lugar es el más sagrado del mundo, por encima de la arrasada Jerusalén. Hablamos de Gilgamesh de Uruk- indica satisfecha Lidia. La puerta termina de ceder, interrumpiendo el discurso de la doctora con un estruendo amplificado por el eco de la caverna. Junto a la puerta, un cuerpo que permanecía apoyado al otro lado, rueda por el suelo a los pies de los dos soldados, quienes por instinto retroceden y desenfundan sus pistolas. En el suelo aparece, entre la polvareda que había levantado la puerta, lo que queda de un traje negro, como los que se usan en el CDC ante amenazas víricas. En el interior del traje hay un cuerpo momificado, inerte, sin vida. -Brooks, tú abres el paso. Robert, le cubres las espaldas. El resto del equipo bajaremos a tres metros de vosotros- indica Trussoni.

Joseph se prepara para escapar, trazando un plan. No pierde detalle de la caverna aunque evita mirar al lugar en el que reposa lo que queda de su amigo Neil. Se acerca a la chica y le susurra vigilando que nadie les escuche, -cuando golpee con la barra de hierro a la pared, regresa corriendo sobre nuestros pasos, yo te seguiré en breve, ¿lo tienes claro?- ella le agarra de la mano.

El pasillo tras la puerta se adentra en la profundidad. A los pocos minutos de descender el calor se hace insoportable. Sheryl se deshace de la manta que la cubre, está preparada para echar a correr, solo quiere vivir un día más y quizás con suerte escapar del infierno que es ahora Nueva Babilonia. Joseph permanece en tensión y decide cambiar los planes -Sheryl, ahora te quedas atrás y regresas. Quiero que te escondas en la bóveda de la entrada, no te dejes ver. Iré a por ti- le guiña un ojo. Ella le hace caso y poco a poco se va rezagando del grupo. Los soldados que están delante no reparan en la desaparición. El capitán sospecha algo, pero prefiere guardar silencio.

-Gilgamesh era un hombre adelantado a su época varios milenios, incluso me atrevería a decir, de la nuestra. Él halló aquello con lo que hoy tan solo podemos soñar- cuenta la arqueóloga animada por la culminación de todos sus hallazgos por el largo y ancho del mundo, al servicio de Svolen.

Brooks se detiene en seco. -Aquí la luz no llega-.

Los presentes encienden las linternas de sus armas.

Robert roza con su mano un símbolo que llama su atención, y de manera repentina se encienden unas luces azuladas muy débiles que iluminan todo el techo de la instalación. -Joder, ¿qué antigüedad se supone que tiene esto?, tiene que ser de los sesenta, no del Cretácico- afirma Robert, a lo que le responde Brooks con un coscorrón. -No pierdas los nervios, y no digas Cretácico, eso fue de los dinosaurios, estúpido botarate...

Robert se vira y mira atravesado a Brooks -¡Qué me has llamado! ¿Acaso quieres descubrir lo que he aprendido en los barrios bajos de Boston?- amenaza encañonándole con sus dos pistolas.

-¡Estaos quietos los dos!- interviene el capitán.

Lidia continúa hablando, -son muchos los que han buscado este sitio, sin éxito puedo añadir. Desde caballeros masones allá por el 1147, pasando por las SS nazis en 1925, llegando a nuestros días por Industrias Svolen. Por fin, el auténtico Santo Grial estará en el mundo, una tercera vez.

-¿Quieres decir que todo lo que ocurre…esta…pandemia apocalíptica, sale del Santo Grial?- pregunta estupefacto Moody.

-El Santo Grial no es como os ha hecho creer la iglesia, ni el cine. No es una copa mágica de propiedades milagrosas. En realidad se trata de ciencia genética en su estado más puro, algo que aún nuestra tecnología no puede sintetizar, ni siquiera de forma teórica. Gilgamesh llamaba a ese compuesto Acrux, y solamente ha visto la luz en dos épocas distintas. La primera fue en la era de Gilgamesh, y la segunda cuando lo tomó Jesucristo y sus apóstoles de una fuente desconocida...quizás de algún vestigio que se llevaron los traidores que convirtieron esto en una tumba.

Brooks y Robert se sitúan apoyados en la pared derecha del pasaje, apuntando con sus armas. Lidia se acerca a la puerta metálica desde la que se escuchan unos golpes. Toc... Toc... Toc... Toc.

-Quizás sea Gilgamesh- insinúa Moody sacando su biblia.

-Según los diarios que están en poder de Industrias Svolen, Gilgamesh fue traicionado por una de sus protegidas, que era su mano derecha en el laboratorio. Ella pertenecía a una hermandad que odiaba a los sanguinarios inmortales, y sobre todo a su padre Gilgamesh. Era una mortal que quería deshacerse del inmortal, que además la tenía como amante favorita. A pesar de saber que no podría escapar, liberó una mutación del compuesto Acrux, que con rapidez se propagó por el personal del templo-laboratorio, al que Gilgamesh llamaba su corte de sacerdotes. Quedaron todos atrapados por la eternidad junto al rey, de quien nunca se volvió a saber- le narra Lidia a Moody, convencida de la veracidad de la leyenda.

-No creo en tonterías como la inmortalidad. Todo se puede matar- asegura Robert acercándose al marco de la puerta.

-Aquí está el símbolo de apertura- añade Lidia tocando un dibujo parecido a una cruz egipcia. La puerta sube hacia el techo,

189

ocultándose por una minúscula obertura. Al otro lado hay un montículo de cadáveres momificados, amontonados unos sobre otros. Parece que hubieran estado siglos intentando atravesar la compuerta de metal. Evan se fija en que cada traje tiene desgarros en alguna parte, similares a mordiscos, incluso descubre algunos hechos poco más que harapos, que dejan ver algunos huesos humanos en su interior.

Robert señala un trozo de brazo que cuelga de un jirón de piel, mecido por una corriente de aire de origen desconocido -ahí tenemos a nuestro inmortal... capitán- dice con una sonrisa burlona, dedicada a la arqueóloga.

-¿Cómo es posible que tuvieran tecnología en aquella época antediluviana?- pregunta Moody abrazando su biblia con la mano derecha.

-La humanidad ha estado varias veces en la tierra, Moody- explica la arqueóloga con convicción. -Vivimos en el quinto ciclo según los mayas.

-Bueno, hagamos rápido lo que tengamos que hacer... después charlaremos como es debido- interrumpe inquieto Trussoni, consciente de que si una horda de infectados baja por donde han entrado todo podría acabar...

Brooks y Robert patean el montículo para asegurarse de

que están todos muertos de verdad. Después, los empujan para que caigan hacia atrás, creando un hueco por el que poder entrar. Al otro lado pueden contemplar un segundo pasaje bordeado por varios habitáculos, curvado hacia la izquierda sin dejar ver donde acaba.

-Es probable que esta sea la única salida y entrada. Así que, Moody, quédese aquí. Tome mi fusil, y vigile- le indica Trussoni pasándole el fusil. Ciertamente no se confía de que un fanático religioso respete una reliquia hereje, la cual es ahora mismo la prioridad.

-De acuerdo- acepta Moody, tomando el arma de Trussoni.

-Lidia, quédate a mi espalda hasta que hayamos asegurado el área- le ordena el líder mientras sujeta su pistola con las dos manos.

Ella se apoya en el hombro de Evan -Entendido.

El grupo va avanzando por el pasaje, revisando cuarto tras cuarto. Encuentran más cadáveres, mesas con probetas, extraños objetos metálicos, restos de animales desconocidos, hasta alcanzar la habitación del final del corredor...

"Nada bueno va a salir de aquí, es mejor que realice mi plan, ya". Joseph tras ver como se acercan al último cuarto, decide retroceder en silencio. Con mucha cautela camina hasta poder ver a Moody, apoyado en el marco de la puerta de acceso observando

el pasaje por el que habían descendido. En su mano aún tiene la biblia, parece rezar en silencio. Snow avanza con todo el sigilo que le permite el eco del lugar, contiene hasta el aliento, por miedo a que su respiración lo delate. Cuando está lo suficiente cerca levanta la barra de hierro y descarga un duro golpe en la nuca del doctor, que cae al suelo inconsciente y Joseph aprovecha para arrebatarle el arma. Emprende su precipitado ascenso, su plan está en marcha.

El mundo

Washington

Svolen leyó los nombres de la lista, trazados en rojo uno tras otro. Ciento quince almas que partían al otro mundo, en favor del cambio. Un nuevo mundo que Industrias Svolen estaba por engendrar. Quería celebrarlo por todo lo alto. Sus planes se estaban realizando por sí solos, sin ni siquiera haber iniciado el primer movimiento. *"El destino está de mi parte, solo tengo que esperar a que la reliquia esté en mis manos para tenerlo todo, ya no hay autocomplacencia. Ya no hay nada para la humanidad, tan solo les espera servidumbre a quienes sobrevivan al apocalipsis"*, pensaba mientras sacaba un poco de hierba de un cajón y la echaba a una vela que estaba en una mesa. Se había despojado de su ropa y permanecía allí, sentado en su asiento de cuero. Pasó su mano sobre las cicatrices que recorrían parte de su cuerpo, algunas auto infligidas, otras no. Recordó el incendio y cómo el verdadero amor de su vida le había salvado cuando su cuerpo no respondía por aquella droga. Había visto acercarse el fuego en una habitación de hotel de carretera, sin poder hacer nada. Ella le ayudó a abandonar las drogas, y se prometieron en matrimonio, hasta que la parca se la llevó… su amor. El dolor de la vida no se puede comparar al de la muerte. De eso era consciente. Temía al frío del otro mundo… allí le odiaban por todo lo que hizo de joven, su hermano mayor, la amante de este... todo para obtener la fortuna y el imperio de la familia.... El odio que su amor le profesaba en el más allá, el que él vio cuando la visitó en el otro lado... no... él lo había decidido... sería inmortal.

El humo amarillento de la hierba comenzó a extenderse por el aire del despacho. El cadáver de la secretaria aún permanecía en el suelo con la herida de bala en el esternón. La realidad a su alrededor comenzó a difuminarse lentamente. Las paredes desaparecieron, mostrando una larga playa caribeña... y se observó a sí mismo unos años antes, arrodillado en la arena con aquel anillo en sus manos:

-¿Te quieres casar con este chico malo, con millones en la cartera y loco de amor por ti?

Ella se arrodilló frente a él y le abrazo -sí, quiero.

Las lágrimas brotaron en el rostro del Sr Svolen actual. -No quiero ese recuerdo, muéstrame el otro... ¡dame lo que busco!... ya no soy débil...La luz se bifurcó y todo se volvió muy borroso. Al momento se encontró en un corredor oscuro, observando las luces que se acercaban. Observó las inscripciones que brillaban en la oscuridad, iluminando la estancia con una tenue luz azul. Las entendía con claridad. Vio como Brooks se acercaba hacia él y atravesaba su cuerpo astral, seguido de otro soldado al que no conocía. Svolen centró su atención en Lidia y caminó junto a ella, intentó poner su mano en el rostro de su segunda prometida. -Lidia, no me oyes pero siempre estaré aquí…vigilándote- le dirigió una mirada de odio al capitán Trussoni y le vinieron algunos flashes de la habitación de hotel de París. Había estado allí y les había perdonado la vida porque aún los necesitaba para conseguir sus objetivos… ahora sabía toda la verdad y Lidia estaba perdonada, le acompañará en la eternidad.

Escoltó al grupo de soldados durante el descenso. Vio como los dos civiles que estaban con el grupo comenzaban a separarse con discreción. Se acercó al hombre sin camiseta y advirtió como la chica desaparecía. Le observó el rostro a escasos centímetros.

-¿Te conozco?

Svolen sintió que de alguna manera estaba ligado a ese desconocido, y el miedo atenazó su corazón tocado por las drogas. -¿Quién demonios eres? ¿Por qué provocas esta reacción en mí?- le gritó.

Él no les podía escuchar, apenas veía el movimiento de sus labios, hablando entre ellos. Algo les detuvo apuntando con sus armas una puerta metálica. ¿Qué sucedía?…

Capítulo 17

La trampa mortal

**"Dispárale con Heraldo de Muerte, y sella tu unión a mi
fuerza."
William Svolen.**

EEUU - Nueva Babilonia

William Svolen, al contemplar la huida de Joseph, siente una amenaza abrumadora con un inquietante pavor. No es capaz de entenderlo, algo muy dentro de él se mueve, como si su alma supiera algo que de forma consciente no logra más que intuir. Aun así, decide volver con Lidia y Evan. Regresa a la entrada de la última sala y expectante e intranquilo observa con su cuerpo astral. La puerta se abre con un sonido seco y ante ellos se vislumbra una gran sala redonda. En el centro hay un trono sobre una tarima circular con una figura de cristal tamaño humano sentada, la cual porta una corona de oro que se alza de forma similar a la de los faraones. Frente a la estatua del rey hay un cuenco con rastros de plantas fosilizadas, y a los pies yacen dos cadáveres momificados, con el cuello destrozado.

-¡Ahí esta!- Lidia se acerca a la estatua e intenta quitar de sus manos un recipiente metálico. El extraño cilindro tiene unas alas plateadas que la bordean protectoras. Lidia tira con todas sus fuerzas, sin siquiera moverlo. Evan se acerca y al comprobar el problema le indica a Brooks que se acerque -rómpele las manos a la estatua- le indica.

El soldado lo intenta con todas sus fuerzas, golpeando con la culata del fusil y al ver que no funciona, aparta la mano a la arqueóloga y dispara una ráfaga completa a una de las muñecas del rey de cristal, y después a la otra, rompiendo ambas manos. Lidia se acerca rápida y agarra la reliquia con ansias, después observa a Trussoni -ya está, podemos irnos…- camina hacia la entrada recorriendo con sus dedos los relieves y formas, exultante por el hallazgo con el que ha soñado toda su vida, ha honrado la memoria de su padre.

Svolen entrelaza los dedos y le sonríe a la estatua -soy tu heredero, amigo mío- se vanagloria en sus fantasías.

————————

Trussoni y su grupo se disponen a regresar al acceso del santuario cuando localizan a Moody en el suelo. Brooks se adelanta sin esperar ninguna orden y comprueba que el doctor sangra de forma abundante por una herida en la cabeza. Aprovecha su posición y se levanta apuntando con su arma al capitán. -Tengo órdenes de ejecutarte por traición, capitán.

Evan intenta desenfundar su pistola, le para un movimiento brusco del fusil que le apunta. -Llevas dos años bajo mi mando Brooks, ¿acaso no crees que caerás después de mí? Todos son prescindibles para Svolen- le amenaza.

Tras él, Lidia permanece con los ojos muy abiertos, impactada por lo que escucha, *"lo sabe..."*, piensa recordando las noches que ha compartido con Evan.

-La orden viene de arriba, yo ascenderé y tu irás bajo tierra.

-No te creo Brooks, ¿quién nos confirma eso?, tú podrías ser un espía que quiere la reliquia- inquiere el capitán, como si hablara para Lidia en vez de Brooks.

-Robert, ahora estoy yo al mando. El capitán ya está muerto, solo que no lo sabe- Brooks trata de convencer a su compañero, para que se una a él contra Trussoni. El neoyorquino asiente y apunta con sus pistolas al capitán.

-No puede ser Brooks, yo respondo por él. El capitán nunca nos traicionaría- Lidia se interpone entre las armas y el capitán.

-Las órdenes son órdenes...

Se produce un disparo que provoca que a Lidia se le parara el corazón unos instantes. Pronto, un cuerpo impacta contra el suelo, mientras sale humo del cañón de una pistola...

El cadáver yace en el suelo, mientras Robert se acerca. -Te debo la vida. Por eso mi lealtad está de tu lado, más allá de si eres en realidad o no un traidor al Grupo Origen- le guiña un ojo y añade -así nos las gastamos los de mi calaña- dice rematando a Brooks de un tiro en la cabeza.

Lidia abraza al capitán, no contiene sus sentimientos y allí mismo le besa con pasión. La mera idea de perderlo le había aterrorizado unos momentos. -¿Es mentira Evan?- le pregunta deseando que no sea un traidor.

Él la miro a los ojos -estoy aquí Lidia y soy fiel al grupo, igual que a la misión. Puede que haya traicionado a Svolen, pero no en el trabajo, sino con su prometida, a quien no puedo perder de vista-. Ella vuelve a besarlo unos instantes.

-Capitán, tenemos problemas- avisa Robert alerta. El montículo de cadáveres apilados junto a Moody se mueve, se están levantando con rapidez. No son como las momias de la entrada anterior, estos cuerpos parecen regenerarse, y muy rápido. -¡Corred!-. Antes de unirse a los demás en la huida, Robert se dispone a levantar al doctor inconsciente, cuando se percata de que ya hay una cabeza aferrada al pie del hombre. Así que sin pensárselo demasiado, le vuela la cabeza a Moody.

Robert, Lidia y Evan ascienden corriendo por el pasaje, oyendo gemidos infernales a su espalda y varios pares de pies poniéndose en marcha con cierta lentitud. A ratos, el ex matón de la mafia se detiene y dispara una ráfaga hacia el interior del pasillo. Parece que los disparos sí que causan daños en aquellas momias maltrechas.

Cuando llegan a la caverna de acceso son recibidos con oscuridad y silencio. Los tres observan con horror que la salida se encuentra sellada. Sus perseguidores están cada segundo más cerca, no tardarán más que un par de minutos en darles caza.

-¡Robert!, ¡¿qué tienes en la mochila?!- pregunta Trussoni buscando soluciones.

Robert se quita sus pertrechos y revisa -es el equipo estándar para misiones- dice el soldado acelerado tirando por el suelo todo el contenido de su mochila.

-¿Tienes C4 para voladuras de puertas?- el capitán espera poder deshacerse de la gran roca que bloquea la única escapatoria posible.

El soldado rebusca y saca una carga. -No nos sirve capitán, es muy poco- lamenta, poniéndose más nervioso por momentos.

Trussoni mira el tapón de roca. -Tengo una idea. Coloca la carga en esa grieta por la que entra ese pequeño rayo de sol, puede que abramos lo suficiente el agujero- le ordena convenciéndose a sí mismo de que funcionará, y no deja de apuntar en dirección a los gritos que se escuchan cada vez más cerca.

Robert termina de situar la carga, y el capitán lo agarra del uniforme. Lo sitúa en la pared contraria a la puerta. -No lo detones hasta que yo te lo diga-. Coloca a su espalda a la arqueóloga, que protege entre sus manos la pequeña mochila con la reliquia en su interior. Los no-muertos del pasado remoto alcanzan la sala de la cúpula, y al verlos se precipitan en tropel hacia ellos. Pueden contar algo más de veinte.

-¡Robert, elimina a los primeros!, ¡pero aún no actives la carga!- grita Trussoni

Los tres primeros caen abatidos, mientras que el grueso de cuerpos reanimados ya cruza la parte central de la sala.

-¡Ahora!

───────────────

Joseph tiene claro lo que se propone hacer. Cuando termina de ascender por el corredor busca a la rubia, y la encuentra escondida tras unos escombros. -Sheryl, sube detrás de mí, y cuando estemos fuera de este agujero infernal te escondes rápido-. Ella le coge de la mano y asiente.

Ambos ascienden por las cuerdas a través de la obertura, y nada más salir de la tumba corren hasta la base del andamiaje. Joseph ayuda a la chica a ocultarse tras las tablas que encuentra por la zona. A pesar de que ya está atardeciendo, Snow no tarda en localizar la figura del francotirador sentado en el brazo de la grúa, observando un tejado cercano. Cuando él dirige su mirada al mismo lugar localiza allí posado al helicóptero que los había traído, mientras que el piloto intenta reparar los daños más que visibles que sufre el vehículo. Se asegura de que Sheryl está bien oculta y prosigue su marcha, valiéndose de las escaleras atadas a los andamios, ascendiendo por ellas con agilidad. Todavía le duele el costado por los golpes que le propinaron los soldados. Por un momento se detiene en la escalerilla al escuchar disparos, pensando que alguien puede estar disparando contra su posición. Al comprobar que no es así, acelera su ascensión. Termina de subir el andamiaje y localiza la estructura azul de la grúa.

Petrenko apunta con su fusil a varios corredores que intentan entrar por la verja metálica que bordea la obra. Se apretujan entre ellos creando un tapón "humano", por lo que, a pesar de que está entreabierta, no logran traspasar la puerta de entrada. Comienza a eliminarlos desde los primeros a los últimos. Con cada tiro cae uno para no levantarse más. Al acabar con la gran parte de la amenaza el francotirador se enciende un puro y continúa disparando. Echa un vistazo rápido a la entrada de la tumba, y al verificar que no hay ningún movimiento, vuelve a centrarse en la entrada de la obra. El ruido de los disparos atrae un nuevo grupo de atacantes, algo más numeroso.

Joseph nota ruido a su espalda mientras sube las escalerillas de la grúa. Al mirar atrás, ve a dos corredores acercarse, que se han percatado de su presencia. Snow es consciente de que pronto habrá demasiado ruido como para llegar al francotirador por sorpresa, así que acelera. Aún así, cuando está llegando a la cabina, Petrenko lo descubre. Levanta el fusil en su dirección y sin apuntar dispara. La bala roza el brazo de Snow, aunque no le detiene. A cinco metros atrás por la escalerilla, los dos corredores lo están alcanzando. Un segundo disparo impacta contra un escalón, muy cerca de su pie. El rudo capataz logra introducirse en la cabina de la grúa y toma los mandos. Un agujero de bala aparece en el cristal frontal y Joseph nota el duro impacto en su hombro. Sufre una sacudida causada por la fuerza de la bala, probablemente le ha roto el omoplato. Antes de que el tirador termine lo que comenzó varios años atrás, Joseph golpea con violencia el mando, similar a un joystick , lo que causa que el brazo de la grúa se mueva con brusquedad. Petrenko sorprendido no tiene tiempo de agarrarse. Por un momento le atrapa una sensación de ingravidez, hasta que la ley más fuerte del universo se impone. Su cuerpo se precipita al vacío, en dirección al socavón de más de cien metros de profundidad. Todo su mundo da vueltas y algunos recuerdos pasan ante sus ojos como un tráiler de una película mala, que conociera muy bien… después, solo oscuridad y frío…

Snow ve su sangre fluir por su torso, la herida es grave y posiblemente no saldrá con vida de esa grúa. Coge el mando y usa las pinzas para coger un bloque de doce por doce metros. Lo levanta y mueve la grúa lo suficiente como para lanzar el bloque contra el helicóptero, destrozándolo del golpe. Después repite la acción con un nuevo bloque, solo que esta vez trata de situarlo sobre el agujero de acceso a la tumba. De manera repentina, la puerta de la cabina se abre y entra un brazo, que él agarra para empujar a uno de los dos que intentan entrar. Sin que el pueda preverlo, unos dientes se aferran a su brazo. Le da un puñetazo al sangrante ser que le muerde, logra liberar la mano y sujeta el grueso manual de la grúa. Lo usa de arma contundente y le golpea la cabeza, arrojando al corredor hacia atrás, al abismo. Sin pensarlo, vuelve a sujetar el mando y sitúa el bloque sobre el agujero de la tumba. -Nada bueno puede salir de ese lugar, de esa "Caja de Pandora". Esto lo hago no solo por mi hermano, o Resistencia Global, lo hago por el futuro de la humanidad- afirma con solemnidad, cerrando aquel agujero infernal. Intenta coger otro bloque para asegurarse, pero ya su cuerpo deja de responder. Sus brazos se contraen sobre su torso, le arde la sangre y le escuecen las retinas. Atina a cerrar la puerta de la grúa... *"lo siento Sheryl...".* Su mente se oscurece mientras el dolor provoca gritos ahogados en su garganta... -Es el fin- dice a la presencia que siente cerca de él.

———————————————

Svolen contempla a los seres aplastados después de la detonación, bajo las rocas. El bloque que les ha atrapado por la intensa explosión se convierte en una rampa que usan para subir. Odia a Trussoni, pero tiene que reconocer que es un hombre de recursos, el "mejor" de sus hombres. Ve a dos corredores devorar el cuerpo roto de Petrenko. No muy lejos de allí, tras unas maderas ensangrentadas, hay otro corredor. De entre las tablas sobresale un mechón de pelo rubio manchado de sangre. Fuera del improvisado refugio de tablas puede verse, además, parte de una pierna torneada por el spinning, solo que algo mordisqueada. Svolen sonríe al pensar que aquel hombre desconocido, que logró despertar el miedo en su alma, ha muerto con toda seguridad, como pronto lo harán millones de personas por todo el mundo. *"El apocalipsis se ha desatado, antes de que quisiera iniciarlo. No importa, lo importante es que la clave de todo pronto estará en camino "*. Todo alrededor vuelve a desaparecer y se encuentra de nuevo de pie en medio de su despacho. *"El teatro ha terminado"*, piensa con ironía. Poco a poco vuelve a ataviarse con sus zapatos, su ropa interior, su traje caro. Se mira al espejo y se pone unas gafas de nueve mil dólares. Sus pupilas están dilatadas y eso no queda bien, sobre todo en la Casa Blanca, a la que se dispone a ir para entrevistarte con el presidente de los Estados Unidos.

La Sangre del Mundo

**"Es su sangre
la sangre de todos,
la que fluye por el río eterno"**

El Mundo

La Casa Blanca

Las fotos satélite que estaban sobre la mesa eran claras y concisas. En ellas se mostraba la ciudad ardiendo, los combates con fuego intenso, los convoyes militares y los ataques con canibalismo incluido. Casi mil fotos contenían los dossiers con sello de la CIA. El presidente James Monroe miraba a Svolen con clara desconfianza. A un lado, el secretario de defensa sostenía la foto de un enjambre devorando a seis personas que intentaban huir. Está esperando las aclaraciones del multimillonario.

-Se trata de un ataque insurgente que ha derivado en el uso de un arma química de procedencia desconocida- empezó Svolen -en breve, la situación será contenida por los veinte mil soldados que estoy desplegando y que llegarán al lugar en seis horas- aseguró.

-Aunque sean propiedades de industrias Svolen, los que están muriendo en ese desierto iraquí, son ciudadanos americanos. El tratado de su ejército privado con nuestro país no imposibilita una acción directa de tropas americanas, si los intereses de nuestro país están en juego- advirtió el Presidente.

-Como le decía Señor Presidente, no tiene por qué preocuparse, los mejores hombres trabajan en controlar todos los aspectos del ataque terrorista- dijo Svolen, tratando de ganarse su confianza.

El Presidente lo miró directamente, intentando adivinar lo que se ocultaba tras aquellas gafas de sol. -Voy a dar la orden sesenta y dos a la base permanente de los rangers, para que se desplieguen quinientos mil efectivos en misión de pacificación. Usted y el Grupo Origen deberán ceder el control del área a mis tropas- sentenció sin parpadear ni una vez.

-Sabe usted, que no conviene tenerme como enemigo James...

-No me asustas niño rico- respondió Monroe.

-Pues deberías, recuerda quien te financió y te sentó en el despacho oval. ¿Quién se encargó de su desliz personal...?, y sobre todo, ¿gracias a quién el ejército mantiene su avance tecnológico por encima de los chinos? Mi empresa Advance IE Tecnologics podría empezar a vender sus tanques Armagedón 3 a otros países interesados. ¿Sabe usted ahora lo que implica... contrariarme?- amenazó el multimillonario, dejando clara su superioridad.

-Salga de mi despacho Svolen y esté localizado- dio por terminada la negociación, mirando a su prepotente invitado con odio.

-Tranquilo, no tengo razón alguna para irme- afirmó tranquilo el multimillonario- todo está bajo mi control, incluso usted, James-

se levantó dejando el dossier sobre la mesa, tras anudarse la corbata y dedicar una mueca de satisfacción a los presentes, antes de abandonar la sala presidencial. Sabía que tenía cogido por el mango al presidente. Sin que ellos lo supieran, en los últimos años Industrias Svolen se había hecho con el monopolio de los principales sectores, los considerados vitales para el funcionamiento del país. Cuando Svolen salió de la Casa Blanca lo hizo en su limosina. Allí encendió la pantalla e introdujo un código, a los pocos segundos apareció la lista de nombres. Tan solo quedaban seis nombres en verde, entre ellos el del capitán Trussoni, Navy seal en activo de los Estados Unidos cedido a la CIA.

Capítulo 18

Carrera infernal

"Un último baile, antes del fin del mundo"
Evan Trussoni.

Nueva Babilonia

-Soy el capitán Trussoni. Esto es un mensaje en canal abierto desde el complejo cuatro para todas las unidades operativas en la ciudad: Abandonamos la metrópolis, para no regresar. Que todas las unidades se presenten con sus vehículos en el complejo cuatro, antes de las 09.00 a.m. Los que carezcan de vehículos, que informen de su posición para una extracción exprés. Hoy nos abriremos paso a fuego y sangre por toda la ciudad. Saldremos por la avenida Apolo, punto final de la evacuación. Presentaos con todas las armas y municiones de que dispongáis. El convoy no se detendrá bajo ningún concepto... esto es una evacuación de la ciudad del infierno".

08.50 a.m.

Los cinco Ferraris abandonan el garaje. Pronto comienza a

sonar por toda la ciudad la canción "The Trooper" de Iron Maiden. El plan comienza. Los cincuenta vehículos del convoy encienden los motores.

-Todo listo capitán- informan los oficiales de las tres unidades pesadas.

-Esperad al aviso-. El tanque en el que está Trussoni encabeza la marcha. Enciende los sistemas del tanque Clase Armagedón 2. Junto a él hay tres hombres de tripulación, uno manejando el cañón, otro la artillería electrónica, y el conductor. Lidia y Robert también están en el vehículo. Trussoni toma la radio FK-500 y pulsa el emisor -bienvenidos a este viaje por el infierno. Si todo va como está planeado, para mañana estaremos desayunando fuera de los páramos. Si no, pues nos llevaremos unos cuantos corredores por delante- comunica a todas las unidades.

El tanque derriba la puerta del garaje y aplasta a los corredores que se agolpan contra ella desde el exterior. Tras él, los cincuenta vehículos alineados en una sola fila le siguen en perfecta formación.

-Piloto de señuelo tres a base- llama agitado uno de los conductores de Ferrari.

-Adelante- responde Evan, poniendo atención en los presentes en su vehículo, evaluando si responderán como él espera, ¿o debería dejarlos atrás?...

-Ingentes cantidades de enemigos se agolpan alrededor del Ferrari, lo he abandonado según el plan y me dirijo al punto de encuentro en una camioneta- dice el conductor del señuelo, apresurado.

-Recibido-. Evan conserva la calma de quien ha pasado media vida en terreno hostil. Su mente no divaga y está visualizando todas las cosas que pueden salir mal. -Inicien fase dos, despegue, raptor ocho, ya sabe lo que tiene que hacer- informa por la emisora en modo abierto.

-Aquí raptor ocho, inicio despegue- le informa el piloto del helicóptero de combate.

El convoy se adentra en la avenida Oklahoma. Frente a ellos una jauría de corredores se va acercando con rapidez. Trussoni observa por el visor y cuenta cerca de cincuenta hostiles. -Artillero, elimine esa "masa"- ordena sin quitar la vista de lo que tiene aún por delante. De la obertura derecha sale una lluvia de proyectiles. El operador de artillería observa por la pantalla del ordenador, designando los blancos con un puntero. En tres minutos solo queda un montón de cuerpos inmóviles en el suelo hechos papilla. Los disparos se escuchan a intervalos regulares. El plan es bueno y Trussoni confía en que salga bien.

-Señor, obstáculos en la avenida- le informa el conductor del tanque.

Tras comprobar con los prismáticos, Evan confirma que son dos camiones volcados sobre la vía y da la orden de abrir fuego. El cañón del tanque escupe el primer proyectil. La explosión destroza los camiones convirtiéndolos en un amasijo. Un segundo disparo abre un boquete para que la comitiva pueda pasar..

-Pase encima de los restos- le ordena Evan al conductor.

En la parte posterior del convoy resuenan las ametralladoras de los humvee de combate.

-¡Capitán, aquí raptor ocho, se acerca una ingente masa de unos miles, por el lado derecho del convoy!

-Aquí Trussoni, a todas las unidades defensivas K3, respondan a inminente amenaza en el lado derecho-. Las tanquetas antidisturbios K3 con sus mangueras de dispersión empiezan a escupir fuego. Los corredores que se acercan son consumidos en dos o tres minutos. El rastro de cadáveres calcinados va quedando como prueba del paso del convoy...*"esto es una zona de guerra"*, recuerda Trussoni. Las explosiones se van sucediendo por toda la ciudad, ya habrán muerto millares de ellos. *"Lidia no me habla, parece que tiene dudas sobre mí, o quizás está demasiado centrada en el paquete"*, piensa durante unos instantes, preocupado.

-Raptor ocho a capitán, el convoy se ha partido en dos, un vehículo K3 ha estallado en llamas- le informa el piloto desde las alturas.

-Capitán a jefes de equipo, punto de reunión seis, no detengan el convoy bajo ninguna circunstancia.

-Aquí empieza el desastre- le comenta Robert a Evan. Como si se hubiera accionado algún interruptor con aquellas palabras, el suelo tiembla. Puede que las explosiones hayan debilitado algunas estructuras. Lo cierto es que un rascacielos se viene abajo, y la nube de polvo elimina toda la visibilidad. Por la emisora se escuchan gritos pidiendo ayuda. Muchos vehículos están cayendo a causa de los cascotes. También se ha perdido contacto con los exploradores de avanzada en motocicleta, y el piloto del helicóptero tampoco responde a la emisora.

-¡Nos están rociando con fuego!- grita alguien por la emisora. Ahora reina el caos y las unidades K3 que están siendo rodeadas por corredores, por temor a lo que no ven, lanzan fuego a su alrededor.

-¡Orden, Mantened la calma!- grita Trussoni comprendiendo que ya el plan se hunde sin remisión.

-Capitán a unidades K3, cesen su ataque de inmediato y cierren compuertas.

09:21 a.m.

Los golpes sobre la coraza del tanque son intensos, deben de haber cientos sobre el tanque del capitán. Aun así, continúa avanzando. Trussoni observa el exterior por la pantalla del artillero. Los no-muertos corren desde todas partes cubiertos de una capa de polvo.

-Me recuerdan a alguna película de serie B de los ochenta, aunque sé que están aquí y son reales- le menciona Robert a Evan con su pistola en mano.

-Capitán Trussoni, aquí unidad 32. Soy el Sargento Conrad, vamos a disparar sobre los tangos que tiene sobre sus vehículos- le informan desde un humvee que se acerca a su posición.

-Dispare sargento.

El repiqueteo de las balas se hace ensordecedor durante lo que pueden ser seis minutos. Después, simplemente los golpes cesan. El capitán hace por la emisora el recuento de bajas, y para turbación de los supervivientes la comitiva ha perdido treinta y dos vehículos. La situación es desesperada, y no se ve el helicóptero por ninguna parte. Es probable que cayera a causa del edificio derrumbado.

09:47 a.m.

La ciudad está en llamas, el fuego se extiende por toda la

zona. Solo quedan seis vehículos en el convoy y aún quedan cerca de cincuenta minutos para salir de la ciudad. La parte exterior del tanque está en llamas, lo que provoca un calor infernal a sus ocupantes. La intensidad del combate no ha bajado, varios de los señuelos sonoros han dejado de emitir, tan solo se escucha un leve rumor de la canción. Deben de quedar dos o tres Ferraris funcionando.

-Señor, nos quedamos sin munición- informa el sargento Conrad.

Un camión de escombros con varios hombres vestidos de obreros y armados con rifles y fusiles de combate se une al convoy, disparando a todo lo que se mueve en los alrededores. Por uno de sus laterales tienen una lona blanca con las palabras en sangre "Resistencia Civil".

-Sargento Conrad, acérquese al camión y páseles una emisora- ordena Trussoni.

-Sí señor…

Una vez recibida la emisora, el grupo desconocido emite un mensaje dirigido a quien esté al mando -somos lo que queda de la Resistencia Civil, os ayudaremos a salir de esta ciudad muerta- explica una voz profunda.

-Soy el capitán Trussoni ¿pueden situarse en la retaguardia

para cubrir al resto del grupo?- les invita a unirse a la operación, sabiendo que ahora mismo cualquier ayuda es necesaria.

-Sí, por supuesto.

10:30

Los cadáveres se quedan con su reino en llamas. El tanque clase Armagedón 2 se aleja seguido por dos tanquetas K3. Se adentran en el desierto, mientras ven como cientos, quizás miles de criaturas, les acompañan desperdigadas. Tras ellos, los restos de un sueño destrozado y millares de vidas acabadas en el horror. Trussoni abre la escotilla y contempla lo que dejan atrás. A un lado del tanque pasa galopando un caballo con dos seres sujetos a un lateral, propinándole mordiscos con saña. Tras el pobre animal, otro potrillo sano le sigue, con toda seguridad para acabar sufriendo el mismo destino. Trussoni no puede evitar imaginar con horror lo que se puede ver desde los satélites. Una gran columna de humo en el centro, y muchos puntitos alejándose alrededor, como un abanico, como si fuera un hormiguero al que un niño ataca con las lentes de su padre. El capitán puede ver la parte superior de la Torre Alfil consumiéndose como una vela.

El Mundo

Washington

Adan Cross salió del taxi y admiró el Svolen Center. Se había puesto traje y teñido el pelo de blanco. Entró al edificio y se acercó a la recepcionista.

-Cuánto tiempo, Laura...

-¡Adan!, se te echaba de menos.

-Sí...casi cuatro años- dijo Cross mirando el cuadro del Sr Svolen, que presidía la amplia recepción. -Aquí todo sigue igual ¿no?, me gusta eso- reconoce con añoranza.

-¿dónde has estado?- le pregunta ella imaginado los exóticos lugares que él habrá visitado, y lo mucho que le gustaría haberle acompañado.

-Dirigiendo los negocios de nuestra rama de Ucrania. La vida de un alto ejecutivo es muy aburrida. Por cierto, ¿está nuestro director general presente?- está ansioso por dar las buenas noticias a su amigo y jefe, después de tanto tiempo en el extranjero y su inesperada cosecha, quiere una mención de honor.

-Ha salido- le informa ella volviendo a la realidad.

En ese momento Svolen entró por la puerta y fue directo hacia Cross. -¡Hombre, mi buen amigo y mano derecha!

-¡Will!- respondió sonriente y cercano el ex agente infiltrado de Svolen.

-¡Adan!, ¿Cómo han resultado nuestros negocios?

-Muy bien, el paquete con su regalo especial traído de Nueva Babilonia está ya en el almacén doce.

-Me agrada mucho. Ven, tengo cosas que encomendarte.

Capítulo 19

Los Páramos Tribales

"Nueva Babilonia es una ciudad muerta, bórrela del mapa."
Oficial de inteligencia.

Irak
Tras varios días en el desierto

Lidia, al igual que los presentes, nota el intenso olor a muerte. No para de beber agua y de cruzar miradas con Evan. Ella le conoce bien, es imposible que él sea un espía, porque ante todo significaría que él la está utilizando desde el principio. La sola idea la atormenta, ¿cómo es posible que se enamorara de él? Sabe que su corazón está dividido entre el apuesto multimillonario que la sedujo hace ya doce años y el aguerrido soldado de élite que está a su lado. No... ambos la aman y ella no tiene fuerzas para saber a quién ama su corazón en realidad.

Robert limpia la pistola, se ha quitado el chaleco antibalas y silba una canción de jazz. Recuerda muy bien el garito donde trabajaba para Vito. Fueron buenos tiempos, hasta que se la jugó a aquel malnacido capo. Todo era fácil, hasta que un maldito error acabó con su carrera criminal y su amistad con Vito. Lanzó al East River al contable equivocado. Vito creía que la había traicionado y trabajaba para la competencia. Ya daba igual, su cabeza tenía un precio demasiado alto como para mirar atrás.

Parece que por fin el queroseno se ha terminado de consumir, y las últimas llamas no tardan en ahogarse por sí solas, lo que permite a Evan abrir la escotilla bajando así la temperatura del interior del tanque, pudiendo todos respirar mejor.

-La operación ha sido un desastre, más de mil hombres reducidos a dos tripulaciones de seis, más los que estamos aquírecapitula Evan y prosigue -ahora iremos al aeropuerto del contratista civil, aún está a diecinueve kilómetros, quiero evitar la Base Leviatán.

Lidia lo observa con una mirada extraña, y Evan lo nota, pero no dice nada. -Evan, en la base está el jet privado con el que llegaríamos en unas horas a Estados Unidos- le recuerda contrariada.

-Teniendo en cuenta el paquete que llevamos, no es seguro Lidia. Si hay más traidores, peligraría el objetivo de la misión- le responde Evan tratando de dialogar con ella para que comprenda la situación.

-Vale… lo entiendo… capitán- refunfuña ella molesta, a Evan le recuerda esta reacción a una adolescente.

Lo que queda del convoy alcanza el pequeño poblado de Ali-Shiri. No les queda agua y la comida ya escasea. Cuando se disponen a entrar al poblado, dos todoterrenos con ametralladoras de calibre 50 los interceptan. Un hombre corpulento de casi dos metros se acerca en una motocicleta y se sitúa ante el Armagedón 2, sin preocupaciones ni temor. -¿Con qué intenciones venís forasteros?- pregunta con acento extraño.

Trussoni sale al exterior. Su uniforme está destrozado y tiene manchas de sangre tanto de vivos como de no-muertos. -Estamos de paso, no tenemos intenciones hostiles- afirma conciliador.

El hombre corpulento observa el logotipo del tanque -no queremos más negocios con el Grupo Origen, tenéis que iros- dice tajante.

Evan niega con la cabeza -no queremos hacer negocios con vosotros, estoy buscando al piloto Eddy Stanton.

-¿Qué quieres, hombre blanco?- le espeta desagradable el hosco paramilitar.

Evan se acerca unos pasos -soy amigo de Eddy, y lo que quiero no es asunto tuyo.

-Tienes huevos hablándole así a Jamal, el "perro grande", americano- dice uno de los tipos de las ametralladoras.

-Y tengo un tanque… Jamal- le dice como amenaza velada Trussoni.

-Me caes bien, pero no sé tu nombre- responde al capitán de porte regio.

-Evan Trussoni. Y bien, ahora que nos conocemos ¿podemos pasar?

-Los amigos del contrabandista Eddy, también son mis amigos. Deja los vehículos y tus hombres aquí y vallamos al pequeño aeródromo-. Jamal le da unas palmaditas al capitán, Lidia y Robert bajan del tanque y van tras ambos.

-Unidades K3, permanezcan alerta y en sus vehículos- ordena Trussoni por la emisora.

-Recibido.

El pueblo cuenta con unas veinte casetas, todas con armas a simple vista. Algunos niños corretean jugando con pistolas de madera. Junto al pueblo hay un aeródromo con la pista casi oculta. Tiene una fina capa de arena, no superior a dos centímetros, un viejo truco de los contrabandistas africanos. Trussoni puede ver la silueta de un avión grande bajo una manta del mismo color que las dunas.

Por satélite sería imposible detectarlo en un desierto como aquel. Por la puerta de la casa que hace de puesto de control aparece un hombre muy delgado, con perilla y bigote al estilo francés. Viste con una chaqueta a lo "Indiana Jones" y unos pantalones color arena del desierto. Lleva puesta una gorra azul con el tridente de los Navy Seal, el emblema del cuerpo en el que ambos trabajaron.

-Mira quién tenemos aquí, si es el novato...- le dice casi dando un salto de emoción el contrabandista.

-Ha pasado mucho, viejo marinero- le responde Trussoni estrechándole la mano con fuerza.

-¿Qué te trae tan lejos de casa chico?... aam ya veo, seguro que una mujer- dice haciendo una reverencia a Lidia -siempre le han hecho perder la cabeza chicas como tú- le besa la mano a la arqueóloga -¿Y bien, qué puedo hacer por vosotros, amigos míos? ¿Por qué esto no me parece una visita de cortesía?

-Necesitamos volver a Estados Unidos sin ser detectados- le explica Trussoni.

-Te debo un favor desde la batalla de Moscú. Lo haré sin problema... despegamos mañana a primera hora.

- Tiene que ser ya... se acerca una amenaza que no creerías si te la contara, se están aproximando ahora mismo.

-¿De qué naturaleza, novato?

-Muy seria- admite Trussoni.

El rostro afable del piloto se transforma en una total e inexpresiva cara de póker. -¿En qué estás metido Trussoni?- pregunta con la frialdad de un soldado.

-No puedo hablar de ello.

-No importa- dice al fin.

Eddy se acerca al avión oculto y retira con ayuda de Evan la manta de camuflaje. Ante ellos aparece un viejo avión de carga ruso, el "Antonov-24", pintado de blanco y azul. Está polvoriento, aunque parece en forma. El piloto abre la compuerta lateral y desciende una escalerilla plegable. Evan agarra la mano de Lidia y le ayuda a subir por la escalerilla. Tras ella sube Robert. De un garaje cercano sale una furgoneta y se sitúa a un lado del aparato, al abrirse la puerta trasera, Trussoni contempla varios bidones y un sistema de cables unido a un pequeño motor.

-¿Te gusta mi furgón para surtir de combustible? Es un invento que se me ocurrió para que los satélites no detectaran camiones cisterna en un aeródromo que no debería existir- le muestra orgulloso Stanton.

-Es buena idea Eddy. Veo que mantienes tu inventiva intacta

a pesar de llevar retirado... cuánto… ¿siete años?

-Desde la batalla de Moscú. La herida de metralla me obligó a abandonar la carrera militar, aunque tú lo sabes bien, compañero- recuerda Eddy con cierta nostalgia.

Los antiguos camaradas acceden al avión tras terminar de proveerlo de suficiente combustible para el viaje, o eso esperan. Una vez dentro, se dirigen a la cabina del piloto, por el camino Trussoni repara en la ingente cantidad de cajas de puros y otras mercancías de contrabando. -No pierdes el tiempo por lo que veo- le dice con una sonrisa cómplice al piloto.

-No lo sabes tú bien- responde con risa burlona Eddy, tomando un trago de una petaca que saca de su bolsillo.

El Mundo

Nueva Babilonia

Dalia era una obrera competente, y con un liderazgo fuerte, que le había permitido posicionarse en lo más alto en un mundo de hombres. Ahora estaba allí, dentro de un contenedor de mercancías con otros cuatro supervivientes.

-No podemos seguir esperando- comenzó a decir ella.

Todos los presentes la miraron cabizbajos, sin brillo en la mirada. -Tenemos que salir de aquí, no podemos confiar en que vengan a salvarnos, ni siquiera queda alguien que sepa que estamos aquí- insiste la capataz Dalia.

-¿Y qué propones, que salgamos y le digamos a nuestros antiguos compañeros *"hola, no me comas que tengo que irme"*?- pregunta con sarcasmo uno de sus acompañantes.

-No. Pero podemos correr, quizás defendernos con las palas que tú y Santos tenéis.

-Ya, una pala contra un ejército de caníbales, muy buena idea Dalia- le responde Santos.

Ella se acercó a Santos y le propinó un puñetazo en plena

cara. Todos vieron como saltaba un diente por los aires. El agredido iba a responder, cuando desde fuera del contenedor escucharon los gemidos guturales de varios corredores. Todos se quedaron inmóviles y silenciosos, conteniendo como podían hasta la respiración. Empezó a escucharse un golpeteo repetitivo contra el metal que los separaba del mundo. Los segundos fueron pasando, y después los minutos. Lo que fuera que estaba golpeando, lo hacía sin parar.

-Yo no lo aguanto más, me iré con vosotros o sola-. Dalia se acercó a una de las puertas sin que nadie se moviera. Ella lo entendía, también estaba al límite de sus fuerzas por culpa de la presión del miedo. Abrió la puerta unos centímetros y observó el exterior. No muy lejos pudo ver los furgones del Grupo Origen. Algunos de ellos volcados, otros con claras muestras de lucha. Dentro de uno de ellos había movimiento, alguien parecía estar chocando constantemente contra la puerta cerrada. El resto de la carretera estaba libre, salvo algunos cadáveres tan mutilados que no habían resucitado, y unas cuantas escombreras. -Me voy, chicos. Que tengáis suerte-. Tras decir esto, salió sin mirar atrás. Caminaba con rapidez, oteando en todas direcciones. Vio como el que estaba en el exterior del contenedor tenía el rostro pegado contra el metal. Parecía morder las planchas de acero, sin reparar en ella. Alcanzó el furgón más cercano y comprobó con fortuna que las llaves permanecían puestas. Entró al vehículo y cerró la puerta. Esperó unos minutos por si la había detectado algún ser. Era testigo con pavor de cómo se acercaban varios caníbales al sitio donde ella misma había estado antes. Casi un centenar comenzaron a golpear el contenedor. Por un momento pensó en utilizar la escopeta del asiento de copiloto y alejarlos de sus compañeros. Esa misma idea fue desechada segundos después, entendiendo que sería un suicidio en vano. Con la fuerza de toda la jauría de caníbales, el contenedor se viró hacia un lado, entre todos podían mover el pesado metal. Encendió el motor y pisó el acelerador. Comprobó por el retrovisor que buena parte de los caníbales corrían tras ella, y poco a poco los dejó atrás. Esquivó varios obstáculos sin toparse con ningún enjambre más, hasta que encontró una de las carreteras secundarias de salida. Allí observó un gran enjambre internándose en el desierto en todas direcciones. Unas horas después logró salir de la ciudad y tomó dirección a la base norteamericana más cercana. Estaba viva, había tomado una decisión, ahora le tocaba vivir con lo que había hecho.

Capítulo 20

Antonov-24

"La rabia fluye por las venas de los auténticos muertos, porque todos sois unos imbéciles sin futuro."
Marvin, decorador de Nueva Babilonia.

Irak

El Antonov-24 despega de la pista justo a tiempo. Cuando está iniciando el vuelo se escucha por la emisora la voz desesperada del conductor del Armagedón 2. -¡Señor están llegando, son muchos!

-Defiendan el emplazamiento- ordena Trussoni.

El sonido de los disparos y cañonazos es amortiguado por los motores del aparato. En la cabina están sentados Eddy y Trussoni, concentrados en el despegue. En el compartimento de carga, entre las cajas atadas, Robert y Lidia sujetándose a las cuerdas para no caer al suelo. Cuando el avión se estabiliza, Eddy desciende el ala izquierda para dar una vuelta alrededor del pueblo y ver lo que sucede bajo ellos. Lo primero que ven son tres camionetas con artillería calibre

50 disparando contra una masa de corredores. El tanque también dispara con toda su munición contra las principales concentraciones, haciéndolos saltar por los aires. Uno de los vehículos K3 se da a la fuga por el lado contrario del pueblo, mientras que el otro tiene a sus ocupantes sobre el vehículo. Son cinco hombres, tres en pie y dos arrodillados, disparando con sus fusiles. Evan puede observar como Jamal, armado con un machete, dirige un grupo de niños hacia la caseta más segura del pueblo. Un corredor alcanzó la posición del hombre de dos metros, el cual cortó de dos tajos los brazos del no-muerto. Jamal, sorprendido por la insistencia de quien debería de haber caído al suelo, no se espera el mordisco que el infectado le propina. El líder de Ali-Shiri reacciona cortándole la cabeza y pegándole una patada al cadáver que le había atacado. La escena quedó atrás dejando a los dos ocupantes de la cabina turbados.

-¡¿De qué va esto Trussoni?!- le dice exaltado Eddy.

-Son zombis, no-muertos, infectados o como quieras llamarlos. No te puedo contar mucho, pero se extienden muy rápido.

Eddy aparta la vista de los mandos tras pulsar el botón de piloto automático. -Muertos vivientes… te creo… pero cómo… ¿el Grupo Origen estaba experimentando o algo así?

-Es largo de contar y en serio, no puedo.

-Dime una cosa… ¿es cierto que te echaron de los Seal por

matar a un subordinado?, porque, no me lo creo. Te conozco, eso me suena a tapadera.

-Sí- Trussoni baja la cabeza -me vi obligado.

-¿Y cómo no acabaste en la prisión militar?

-Hubo atenuantes, no puedo hablar de ellos, pero digamos que no se pudieron demostrar todos los cargos, así que me licenciaron con deshonor. Por cierto, ¿tienes un móvil?

Eddy saca su ST12, El smartphone más potente hasta la fecha, y se lo pasa. Trussoni se dispone a escribir un mensaje de texto:

Mensaje de texto codificado 19:56:

Trussoni a número Arpa

///)()8(///28/90///)(Confirmación de información entregada por el agente León))((((// Situación negativa y de alto riesgo.)()()// Infección de virus clase1) ()//98/9() Informaciones civiles de Nueva Babilonia confirmadas sin reserva)7//)(7 se recomiendan acciones drásticas)(//)(el objetivo de misión OR,)()//(recuperación de objeto de naturaleza desconocida)()(// =())()((he sido descubierto)889() espero instrucciones)()()///Fin)(//

Tras enviarlo, Evan borra la bandeja de envío y le devuelve el móvil a Eddy. Evan escucha el interceptor de señales con atención.

Ha captado las comunicaciones de la base aérea delta de las fuerzas norteamericanas.

-Águila uno a mando aéreo coordinado. Cambio.

-Aquí mando aéreo, adelante Águila uno. Cambio.

-Seis minutos para el objetivo, confirmación visual y de radar sin novedad aparente en área restringida. Cambio.

-Recibido águila uno, inicien protocolos D.A.C.

-Aquí águilas, armamentos primarios activados- comunica el líder del pelotón.

-Aquí mando aéreo, autorización de la orden cuarenta y dos, afirmativa con autentificación Alfa Omega Tauro.

-Líder águila a mando. Iniciando entrega de paquetes en vector alfa. Corto.

-Recibido para mando, corto.

Evan y Eddy permanecen en silencio varios minutos, esperando escuchar el resto de la información. -No parece una operación habitual por estas tierras, no como las que he interceptado en otras ocasiones- le comenta Eddy a Evan. A lo lejos se oyen múltiples explosiones que retumban como si el dios Zeus descargara su ira sobre el mundo.

-Águila uno a mando aéreo, evaluación de parámetros objetivos tras entrega de paquetes. Área destruida, éxito. Contingente enemigo… Contingentes enemigos abandonando zona... efectividad del ataque sobre localización del 90 % sobre infraestructuras, efectividad sobre contingente hostil 20 %. Cambio- dice la voz entrecortada del líder de las águilas.

-Aquí mando aéreo, esperen instrucciones Unidad Águila. Cambio.

-Recibido. Corto.

Eddy mantiene el modo de vuelo por debajo de los radares para no ser detectados.

-¿Por dónde vamos a ir, Eddy?- le pregunta incómodo Evan tras escuchar la información interceptada.

-La autonomía de este Antonov-24 mejorado es de 3.500 km. Si le sumamos el peso de la carga que llevo, cuatro personas y la maquinaria adherida al aparato, dos días en vuelo. Sin contar, claro, el tiempo que estemos en tierra, será necesario hacer varias escalas. Primera parada, el Aeropuerto Internacional Sultán Iskandarmuda en Banda Aceh, Indonesia. Y terminaremos en San Francisco tras siete u ocho escalas-. Le informa más tranquilo Eddy centrándose en lo que mejor sabe hacer, burlar a los gobiernos del mundo. -Digamos que tardaremos siete días, sobre todo si queremos evitar la cobertura de vigilancia de Estados Unidos.

-Buen cálculo capitán de aeronave- dice Evan a modo de guiño por el pasado compartido. Vuelven a oírse las comunicaciones de la base. -Unidad Águila, regresen a base de inmediato. Base sitiada por contingente hostil, cambio.

-Recibido para Unidad Águila, regresamos, águilas tres y cuatro vuelen sobre la carretera de salida del objetivo alfa, abran fuego contra los contingentes hostiles que localicen. Cambio.

En la zona de carga del Antonov-24, Lidia aprovecha para sacar la reliquia de la mochila y estudiar sus grabados, en especial los impresos en las alas. Son minúsculos y le cuesta verlos con claridad. Aun así, ella es una de las únicas seis personas capaces de leer la lengua perdida que surca su superficie. Su padre, antes de morir, le enseñó todo lo que sabía. Le introdujo en la arqueología oscura, aquella que se centra en lo que la ciencia y la historia se niegan a contrastar, a pesar de las pruebas. Recuerda las tablillas encontradas por su padre en una pirámide oculta cerca del Mar Negro. Él la instruyó en el arte de entender esas líneas y descubrió que las tablillas contienen el diario de un supuesto dios, Gilgamesh, y en él explica el nacimiento de los antiguos panteones.

También habla de la necesidad de los seres superiores de ingerir sangre humana para perpetuarse. Muestran una parte muy oscura del perdido dios, su gusto por el dolor humano, por derramar sangre, esclavizar pueblos, llevar a la destrucción naciones que considera inferiores a la de sus adoradores... La reliquia también aparece en los diarios y explica tres de los cinco pasos para usarla. Sin embargo, faltan textos de las últimas fases, textos que están en poder de Svolen y que compartirá con ella cuando le entregue el objeto místico. *"Puede que la suerte está echada"* piensa, y dirige una mirada a la puerta de la cabina. No logra evitar sentir una punzada de dolor al pensar en Evan.

-¿Madame?-. Lidia levanta la cabeza y sonríe. Robert le invita a levantarse del suelo, ahora que el avión vuela con mayor estabilidad. Extiende su brazo para ayudarla a incorporarse y le acomoda en uno de los asientos. -¿Qué es eso en realidad?- le pregunta señalando el objeto.

-La prueba de que los dioses existieron-. Lidia, sin entrar en detalles, vuelve a centrarse en la reliquia. Saca una lupa y descubre que hay una segunda escritura, tan minúscula que no la advirtió al principio. Emocionada ante el descubrimiento, se dispone a plasmar en su diario los extraños símbolos tratando de compararlos con otros que ya conoce, para así lograr traducirlos. Sin duda, le llevará bastante tiempo. Junto al galimatías, hace unas anotaciones:

"Es ligeramente distinto, hay símbolos que no reconozco.

Osiris G Grand

Aunque los símbolos son muy parecidos a los grandes,... podrían ser una especie de lengua madre. ¿Quién?... Quizás sean del maestro de Gilgamesh, lo que implicaría que existió, pero entonces ¿por qué no hay más mención de él? Vino, le entregó sus conocimientos y se fue ¿a dónde?... Un nuevo misterio".

El mundo

Nueva Babilonia

4 de septiembre del 2033

Entrada 01 del audio-diario:

"Los no-muertos se amontonan alrededor del edifico. Junto a mí están mi amigo Philip y mi novia Marisa. Ella es española y nosotros somos suecos. Mi español es bueno, lo aprendí en mis prácticas como médico en el Hospital Universitario de Madrid. Allí la conocí a ella, mi flor. Philip es un vendedor inmobiliario que trabaja mano a mano con el gobernador de la ciudad, Dave Stone. Ese prepotente... quién sabe, lo más probable es que esté muerto...o haya sido evacuado. En un principio había con nosotros casi treinta compañeros, muchos de ellos murieron, sobre todo cuando los soldados que estaban luchando a nuestro lado nos abandonaron. Alguien les dio una orden y simplemente nos dejaron tirados. Philip había oído algo sobre un convoy de salida. Aquel día oímos muchos disparos y explosiones, además de una canción que retumbaba por todas partes, no la conocía, pero me sonaba de mi época de estudiante. La verdad, no creo que escaparan de esta pesadilla. Philip dice que ha contado más de mil no-muertos en nuestra calle. Para no atraer su atención permanecemos encerrados en el sótano

de la casa piloto. Tenemos víveres que dejaron los soldados como para sobrevivir tres meses… más o menos. Olvidaba mencionar a… Aarón. Era un obrero del distrito ocho. Cuando llegó ya le habían mordido, así que lo atamos a una mesa, fue idea mía. Últimamente hablo mucho con él, aunque solo responde con gemidos e intentos de mordiscos."

Entrada 02 del audio-diario:

"Hola. Estoy aquí otra vez. He estado hablando con Marisa, no le gusta que tengamos a Aarón aquí con nosotros. Quiere que lo termine de matar, pero es un sujeto interesante, estoy aprendiendo mucho de sus reacciones, quizás nos dé alguna idea para salir. He aprovechado el equipo médico que me dio aquel sargento, y he comenzado a diseccionar a Aarón, le he pedido disculpas y le he preguntado si le dolía, me ha dado la misma respuesta cómica de siempre, este tipo es muy gracioso.

Examen: Primer paso… sacarle los dientes con las tenazas, también le he cortado los dedos. He notado que no para de sangrar, así que he puesto unos cubos bajo sus muñecas para ver cuánta sangre es capaz de perder.

Segundo paso… he procedido a extirparle los gemelos, he dejado al aire los huesos, y no he hallado ninguna reacción de dolor que pueda distinguirse. Es increíble…"

Entrada 03 del audio-diario:

"Philip salió del sótano. Al regresar tenía el rostro blanco, parecía uno más de nuestros amigos, solo que sin expulsar sangre y todo eso... Cuando le hemos preguntado ha dicho que ya son incontables los que hay en la calle. También nos ha hablado del buen sargento, estaba entre ellos... Marisa lleva días sin querer tener intimidad, creo que está muy enfadada con mi estudio... no puedo renunciar a él. Supongo que Aarón lo comprendería -¿verdad amigo?-(gemido gutural de fondo)."

Entrada 04 del audio-diario:

"Ayer, a última hora de la tarde, el sonido de los truenos fue precedido por las brutales explosiones. El suelo ha temblado por los impactos de los edificios al caer sobre su propio peso. No sé lo que ha pasado y no logro entender cómo seguimos aquí. Lo más seguro es que el resto de la ciudad ya no exista."

Entrada 05 del audio-diario:

"Philip está inquieto, creo que incluso asustado. Marisa está igual, creo que el sonido constante de miles de voces, o mejor dicho... gritos desgarradores, les está afectando. Aunque estoy contento, por fin me ha abrazado. Es mi flor y la quiero. Aunque Aarón no me deja

mucho tiempo libre… es fascinante."

Entrada 06 del audio-diario:

"Hoy he continuado charlando con Aarón, estoy impresionado. Creo que ya debe de haber expulsado más de quince litros de sangre, espesa y negruzca. Es sencillamente imposible. Su cuerpo es capaz de generar sangre sin necesidad de sustento, creo que se está consumiendo a sí mismo en el proceso. He notado que la masa adiposa está casi por completo consumida. Ya carece de pómulos y de todo aquello que no es necesario en su rostro para comer o emitir esos rugidos... Parece ser una especie de proceso de momificación causado por la privación de alimento... Hace un rato he ido a la planta de arriba, y he visto que el resto de sujetos no presentan esas mismas modificaciones. Aún deben de estar bien alimentados, me preocupa. ¿Cómo pueden estar bien alimentados si no hay más presas accesibles? ¿Se alimentarán de otra forma? Quizás el virus tiene otras mutaciones que aún no me ha contado Aarón."

Entrada 07 del audio-diario:

"Philip me ha pedido que termine con Aarón, pero estoy descubriendo demasiado gracias a él. Aunque ya no posee una consciencia como tal, no puedo evitar pensar que en otra vida me habría tomado un café con él. Quizás ya lo he hecho, creo que deben

de haber pasado dos semanas desde que empecé a grabar este audio-diario, no estoy seguro. También he notado otra facultad de Aarón. No ha surgido ningún tipo de parásito que descomponga el cuerpo, no hay ni larvas, ni gusanos. También he descubierto que algo en esta sala le afecta, por eso tiene estos síntomas de auto-digestión, los de fuera no presentan un nivel tan avanzado de desgaste."

Entrada 08 del audio-diario:

"Se han empezado a escuchar sonidos en la planta de arriba, Philip cree que se trata de un gato que se ha colado. El problema es que esto ha agitado a la pequeña marea de no-muertos, y están golpeando puertas y paredes. No resistirán mucho. Además, creo que Marisa presenta un trastorno depresivo y de ansiedad. Le he dado unas cuantas pastillas, analgésicos y ansiolíticos. La situación es muy rara. Creo que está perdiendo la cabeza, y la sola idea de que el piso de arriba quede anegado, es la peor parte. Philip cree que si acceden arriba, ya no podremos salir."

Entrada 09 del audio-diario:

"Aarón me preocupa. Cada vez se mueve más lento, y apenas reacciona ante mi cercanía. Puede que sus baterías se estén consumiendo, aun así no para de generar sangre, aunque ya casi no se nota. Es posible que este hecho esté causando su muerte definitiva. Simplemente estoy desolado, le echaré de menos si se va de este *mundo, quiero descubrir sus secretos y me quedo sin tiempo... Por otra parte, Marisa me rehuye la mirada, no me quiere mirar la cara. Por suerte, Philip le está apoyando mucho, casi no se separa de ella, es un buen amigo."*

Entrada 10 del audio-diario:

"Lo peor ha pasado, han entrado en la planta de arriba. Los maullidos del gato han resonado unos segundos, para luego dar paso a los multitudinarios pasos. Varios pares de botas y zapatos se escuchan arriba. Parece que no han reparado en la puerta que los llevaría al sótano. He tenido que sedar a Marisa con ayuda de Philip. Por lo visto, la luz del sol se ha acabado para nosotros."

Entrada 11 del audio-diario:

"Me he dado cuenta. No sé cómo se me había escapado... Eureka. La clave es la luz. Por algún motivo que desconozco, mi amigo Aarón necesita la luz del sol. Los mejores descubrimientos se producen por accidente. El peso de los habitantes de arriba ha provocado una fisura en el techo del sótano, este daba con el jardín, y un pequeño haz de luz solar ha caído sobre nuestro reanimado Aarón. Después de una hora he notado signos de mejoría en él. Ha parado su proceso de momificación... es increíble... pero cómo... quizás tenga algún tipo de fotosíntesis, lo que daría por un buen laboratorio..."

Entrada 12 del audio-diario:

"Marisa y Philip han decidido irse... yo les he instado a que esperen... ¡Estoy seguro de que Aarón me dará una solución!... Todavía podríamos aguantar meses. Ellos tarde o temprano se alejarán a buscar comida. Les he dicho que necesitamos tener paciencia, y Marisa me ha mirado como si estuviera loco... perdida y jodidamente loco. No la puedo perdonar. Pienso que Aarón es mi único amigo. He notado como Philip mira a Marisa. Incluso anoche, mientras le contaba mis hallazgos a Aarón. He creído escuchar ruidos en el dormitorio. He mirado y he notado movimiento bajo las sábanas de la cama en la que solemos dormir los tres juntos. Tienen que ser imaginaciones mías..."

Entrada 13 del audio-diario:

"Al anochecer lo intentaron... ahora están los dos muertos... no tengo ganas de experimentar nada hoy, tan solo me limitaré a hablar con Aarón, sé que él no me abandonará."

Entrada 14 del audio-diario:

"Escuchar como morían me ha afectado. He tenido que empezar a auto medicarme... Creo que me estoy volviendo loco... Aarón se ha reído de mí... por eso me he dedicado a arrancarle todos los músculos que le quedaban en los pies, y después he lavado los huesos. Es curioso... parece arte abstracto con vida... Puede que

esté degenerando en un cuadro maniaco-depresivo... me gusta."

Entrada 15 del audio-diario:

"No sé si es por el estrés, o es que está ocurriendo de verdad... Aarón me ha respondido, me ha contado cómo es eso de estar desnudo... de carne de cintura para abajo. Dice que le jode no poder ver al bombón de mi novia Marisa y a su cuerpazo de española... Ha dicho textualmente que le hincaría un buen mordisco...después ha reído a carcajadas durante el resto del día... le odio..."

Entrada 16 del audio-diario:

"Ya está... decidido, estoy loco. Y para celebrarlo, he terminado de extraer todos los órganos y músculos de Aarón, lo único que no he tocado ha sido su cabeza... ahora me río yo de él... me mira con odio... ya ni siquiera tiene manera de generar sangre, es un esqueleto limpio con una cabeza descarnada, que no para de mover la boca y contar chistes de Chuk Norris... a veces me río junto a él. Me ha preguntado si me gustaría ser como él, un inmortal sin prejuicios."

Entrada 17 del audio-diario:

"Están golpeando la puerta, me han despertado. Creo que gritaba en sueños, o lo hacía Aarón. Sea como sea, ahora saben que

estoy aquí. Me he dedicado a bloquear la puerta con las cajas de los víveres... es un trabajo solitario. Sé que la muerte llama a mi puerta, y de manera tan literal que he tenido que tomar unas pastillas de esto y de aquello".

Entrada 18 del audio-diario:

"Han entrado...oigo las cajas caer por las escaleras...Aarón no para de decirme -Te lo dije...te lo dije...- no puedo parar de reír, es todo tan estúpido...estúpido... y para colmo no quiero disparar esta pistola... no soy un soldado... ni un suicida... soy un médico con aspiraciones... Me gustaría morir con un nobel en las manos... no con la cabeza de Aarón en ellas. Ya varios de ellos caen por las escaleras. Sus habilidades motoras están muy afectadas... no pueden bajar bien escalones, pero pueden correr... curioso... entre ellos está el buen sargento... Philip... Marisa... mi nueva y vieja familia... adiós mundo de los vivos... ha estado bien... he decidido ir a ellos y abrazarlos... Philip te perdono, seguro que no me traicionaste con Marisa."

Capítulo 21

Sueños Vacíos

**"La inmortalidad es una realidad,
solo hay que buscarla en las páginas que poseo."
William Svolen.**

Nueva Babilonia

El fuerte olor a quemado lo despierta de su largo letargo, para después notar un intenso calor y una sensación extraña que recorre todo su cuerpo. Siente que no es el mismo que fue antes de morir. Presta atención a su alrededor y ve que sigue en lo alto de la grúa. Desde ahí puede ver cientos de cuerpos en llamas que corren como antorchas por las inmediaciones de la obra. Es como si no supieran que están ardiendo, consumidos por el deseo de encontrar nuevas víctimas. No tienen consciencia de cómo sus cuerpos son reducidos a cenizas con rapidez, extendiendo el fuego por los edificios a medio construir. Desde su privilegiada posición contempla media ciudad en llamas. Puede notar el aire arremolinarse a su alrededor a causa del helicóptero negro que sobrevuela la obra. En el interior del socavón que lleva a la tumba, ve a varios hombres vestidos con uniformes negros. No sabe cómo, pero en la larga distancia su oído capta la conversación que tienen entre ellos en ruso. El helicóptero descarga varios cables sobre el socavón que los desconocidos enganchan a una caja de cuatro metros cuadrados, para luego izarla desde la cueva. Sea lo que sea, se lo están llevando. Los rusos salen de la tumba segundos antes de que explote, para después internarse en al amasijo ardiente que es la ciudad. No muy lejos, un camión explota con gran violencia, lo que lo saca de sus pensamientos inconexos. Él busca el pestillo de la puerta de la cabina de la grúa y la abre. Una bola de humo entra en el habitáculo de cristal, cegándole unos segundos. Se decide a descender por una escalerilla azul. Cuando al fin toca el suelo, descubre que está pisando algo viscoso y se encuentra con su bota hundida en el pecho de un cadáver podrido, el mismo que él había lanzado al vacío justo después de morderle. -Entonces, moriste, jodido bicho...-. Se examina con atención el mordisco del brazo y encuentra que ha desaparecido, como si nunca hubiera existido - ¡¿Qué demonios pasa?!-. Un ruido atrae su atención y ve unas tablas de madera amontonadas en una esquina de la obra, tras las cuales algo se mueve e intenta liberarse. No muy lejos de él, el cuerpo sin alma de Petrenko le mira sin hacer el menor intento de acercarse, o por lo menos lo poco que queda del francotirador ruso. -Hijo puta, has pagado- y recuerda... -¡Sheryl!-. Se aproxima al montón de maderas y sin pensarlo las intenta quitar, partiéndolas en dos mitades con demasiada facilidad. Allí está ella. Le falta una pierna y se arrastra hasta él, quizás por algún atisbo de quien vivió en ese cuerpo roto. Sheryl se detiene a olerlo y Joseph, con el alma destrozada por la visión, permanece inmóvil, con lágrimas de sangre brotando de sus ojos. No intenta defenderse, espera que ella, a quien debería de haber protegido más allá de su deseo de venganza, le mate…En lugar de eso, lo que alguna vez fue Sheryl emprende su marcha arrastrándose hacia otro lugar, en busca de presas que cazar. Joseph se acerca a ella -lo siento... perdóname por no haber evitado que acabaras así- y la termina de matar. En ese crudo momento, su mente deja de divagar y aborda preguntas que hasta ese momento no se había atrevido a plantearse. Percibe que los colores de los objetos están más vivos que antes, alcanzando una nitidez escalofriante, parecen bailar ante sus ojos. No tarda en descubrir que la madera que partió con sus manos desnudas, para liberar a Sheryl, tienen un grosor de quince centímetros. *"Qué diablos ocurre... ¿soy uno de ellos?... ¿otra cosa?...pero qué..."* piensa para sí consciente de que no tiene respuestas. Mira sus manos y nota que su piel está mucho más pálida, y tiene hambre, mucho más apetito que normalmente, aunque no sabe de qué…sus miedos parecen confirmarse… Sale de la obra y se encamina entre la multitud de criaturas sin que se inmuten, algunas se detienen a estudiarlo para después continuar su búsqueda. *"Lo que me hace diferente es que soy consciente de mí mismo, puedo pensar…sigo siendo yo... solo que algo distinto…"*. Sus ojos le escuecen, mientras que sus pensamientos no paran de divagar sin orden. Quizás el brillo de las llamas le esté afectando, así que aprieta el paso para estar el menor tiempo posible entre los no-muertos, hasta que llega a un almacén que permanece intacto. Allí encuentra unos casilleros metálicos, que rompe a puñetazos. Se hace con una camiseta blanca y unos vaqueros limpios de su talla. En el suelo del almacén hay una criatura cenándose un cuerpo medio putrefacto de varios días. *"¡Varios días!"*, piensa, comprendiendo que su transformación le ha tenido fuera de juego demasiado tiempo. Por unos instantes, la criatura lo mira, y olisquea el ambiente, para después ignorarlo y seguir comiendo. Joseph se cambia de ropa y localiza un espejo, que le devuelve un reflejo distinto del que recuerda. Su pelo es ahora cobrizo, incluso podría jurar que brilla a causa del resplandor del fuego que atraviesa la ventana. Piensa que puede ser un efecto provocado por sus nuevos ojos, ahora recorridos por venas plateadas que salen de su iris del mismo color. -Ya no soy quien fui- le dice a su reflejo. Rompe otro casillero en un ataque de ira, y halla unas gafas de sol. Decide salir del lugar y vagar por las calles de Nueva Babilonia. Va reviviendo en su mente los momentos desde el hallazgo. Ve la muerte de Neil, la huida de la tumba, Chuck transformándose, los soldados golpeándole, la muerte de Sheryl. Puede caminar entre sus recuerdos, verlos desde otra ubicación, interactuar con ellos. Sumido en el desgarrador recuerdo de Sheryl, arroja soliloquios de desesperación por la culpabilidad e impotencia que siente por su muerte. En un momento de aparente locura, oye a ella reprocharle su abandono, culpándole de su fatal destino. -No te abandoné, ¡te fallé, pero no fue mi decisión Sheryl!- le implora entre rabiosas lágrimas sanguinolentas a un recuerdo que se desvanece y solo deja tras de sí la caótica habitación.

Golpeado por su encuentro con el fantasma de la que fue su protegida, abandona la seguridad del vestuario. En su paseo sin rumbo, descubre un Ferrari rojo con las llaves puestas. En su techo hay altavoces de gran tamaño atados. Joseph rompe las cuerdas y arroja sin dificultad los pesados aparatos que se hacen añicos contra el asfalto. Se sube al coche y comprueba que el motor aún sigue encendido. Las ventanas están rotas y ensangrentadas, aunque esto ya no importa, ya tiene su billete de salida de la ciudad del infierno. Es el momento de hacer lo que debe... Conduce el Ferrari esquivando los obstáculos de la calzada. En más de una ocasión tiene que retroceder y tomar otras calles y avenidas. El horror está por todas partes, cada tramo tiene una historia que contar. Cadáveres chamuscados, accidentes y objetos que no deberían estar ahí, como una avioneta del Grupo Origen estrellada sobre un montón de camiones, le revelan momentos atroces de vida y muerte. Está ya cerca de una de las salidas de la ciudad, cuando ve un camión de bomberos rojo y amarillo con la escalera levantada. Alguien le hace señas en lo alto para que se detenga. Justo cuando el Ferrari se encuentra suficientemente cerca, el hombre vestido de bombero salta sobre el techo del vehículo, portando un hacha en su mano derecha. Decapita a uno de los corredores que intenta agarrarlo y se desliza por el lateral izquierdo entrando en el asiento del copiloto. -¡Dale ya!, salgamos de aquí-. El bombero señala atrás, hacia un grupo de corredores que acaba de percatarse de su presencia. Joseph acelera, y ambos mantienen el silencio hasta que se adentran en la Avenida Italia, la cual da a la única autopista de salida de la ciudad, que lleva al aeropuerto internacional.

-Me llamo Frank- se presenta el bombero quitándose los gruesos guantes de su uniforme. Joseph no responde y el bombero continúa contándole su historia -yo y ocho compañeros intentamos salir de la ciudad en el camión. Nos rodearon y la presión de la manguera terminó por bajar, así que ya no teníamos manera de alejarlos. Tuve tiempo de agacharme en la cesta de la escalera y escuchar cómo morían los demás. Los chalecos son lo suficientemente gruesos como para que no nos alcance un mordisco... por eso sé que para acabar con mis compañeros, esos seres tuvieron que derribarlos. Es horrible...

-Me llamo Joseph- dice al fin sin apartar la mirada del lejano horizonte.

-¿Cuál es tu historia, Joseph?- pregunta el bombero.

El capataz Joseph Snow escucha la pregunta y es consciente

de que ya ni siquiera es él mismo. -Todos muertos- responde tajante para terminar la conversación. Su mente divaga sin un sentido claro.

Ambos siguen en silencio hasta salir de la ciudad. Por fin abandonan el infierno que es ahora Nueva Babilonia, para no volver nunca. Ya en la autopista, Joseph descubre como sus reflejos han aumentado. Conduce a la máxima velocidad que resiste el motor del Ferrari, aunque lo percibe como si no pasara de los cien kilómetros por hora, y esquiva sin dificultad los coches destruidos o abandonados que están a su paso. La devastación ha salido de la ciudad hace días. Frank esta pálido, mareado por la velocidad y por los escasos centímetros que separa el vehículo de los múltiples obstáculos, que esquiva sin siquiera frenar. Es como si una intensa sensación de vértigo se apoderara del bombero.

-¡Ve más lento, no estamos en una competición de "fórmula uno"!- alcanza a decir con el estómago en la garganta. Joseph disminuye la velocidad, y ahora Frank es capaz de ver que ante ellos no hay más que desierto y una larga y ancha carretera.

-Detén el coche, Joseph-. Al detener el vehículo Frank sale y vomita lo poco que le queda de su última comida de días atrás. Permanecen parados diez minutos. Joseph comprueba por el espejo retrovisor que una gran horda les sigue desde muy lejos, podrían tardar una hora o más en llegar hasta su posición. Snow sale del

Ferrari y se acerca al bombero.

-¿Estás bien?- mira al bombero como si fuera la primera vez que lo ve.

-¿Acaso te lo parece, Joseph?- le recrimina.

El antiguo obrero le pone la mano en la espalda -tómate tu tiempo-. Vuelve a mirar atrás y descubre que su visión se amplifica fuera de su voluntad. Puede ver más allá de la horda, más allá de la ciudad. -Ya no pueden contener esta mierda. Muchos de los corredores ya están en el desierto, se alejan en todas direcciones-. El bombero levanta la cabeza, y después, vuelve a vomitar.

El Mundo

Washington

Svolen miraba las imágenes en la cámara con fascinación, cada rincón de Nueva Babilonia. Todo lo acontecido hasta ese instante estaba grabado en un servidor privado: el horror en la cara de los que descubrían la nueva amenaza demasiado tarde, los intentos de su personal del Grupo Origen para sobrevivir y controlar la situación, incluso el bombardeo que fue ordenado por el presidente de los EEUU. El multimillonario estaba fascinado por los efectos de las explosiones sobre las estructuras, y de cómo los infectados, a pesar de ver reducidas sus capacidades de movilidad, continuaban siendo mortíferos, arrastrándose y buscando más presas a las que infectar. *"Es como decían los textos. No creía que siguiera activo el virus, pero ahí está... ¡ahí está mi profecía! Ya no tengo ninguna duda de que se referían a mí, ¿aunque, si es cierto...? , también debo de temer a alguien, y no subestimarlo. La profecía inscrita en los textos de Odín es clara, un héroe luchará contra el amo del nuevo mundo, en igualdad de condiciones. El verdadero destino se decidirá por la sangre que manche ambas manos."* Se encontraba en su búnker secreto, donde ocultaba lo que le era más preciado. Hizo un recuento visual de lo que tenía en la sala de su tesoro privado: los diarios de Gilgamesh, las profecías de Odín, los cuerpos cristalizados de

Osiris e Isis, las siete calaveras de cristal, los textos de la esfinge, el tapiz de la verdadera vida de Vlad Drakul. Cada objeto contaba la misma historia de inmortalidad, las mismas debilidades y los mismos sueños. Todo era reflejo del destino que anhelaba Svolen. Así lo concebía. Y para obtener todo aquello muchos habían muerto, asesinados, torturados... sacrificios para que él pudiera estudiar a los antiguos dioses, rastrearlos y encontrarlos en el tiempo. Aunque para desagravio suyo, ya ninguno seguía vivo. De alguna forma la suerte siempre estaba de su lado. Chivatazos anónimos le habían guiado hasta cada pieza de su preciado tesoro. Alguien le ayudaba, y no sabía quién, aunque en el fondo, William Svolen sabía que, llegado el momento, el destino ya se lo revelaría. Será un dios en un mundo sin dioses, y todo le pertenecerá. La pantalla grande que presidía la sala se encendió, y en ella se mostró lo que captaba la cámara de seguridad de su despacho. Había varios agentes del FBI irrumpiendo. Destrozaron la puerta de una patada y aseguraron la habitación. Uno de los agentes se acercó al ordenador para descubrir que los discos duros ya no estaban. En las imágenes, el agente negó con la cabeza cuando le habló alguien que parecía llevar la voz cantante. Segundos después, una explosión destrozó todo el despacho, acabando con las vidas de los agentes presentes...

-La verdadera guerra comienza- sentenció eufórico Svolen clamando por el dominio de un mundo que le debía de pertenecer.

Capítulo 22

Sangre roja

**"¿Esperamos milenios, y esto es lo que tenemos?
Si él es el nuevo campeón de los dioses, demos el mundo por
perdido."
Seth, dios del Antiguo Egipto.**

Irak

No es hambre lo que Joseph nota, es sed. Se apropia de la cantimplora del anterior ocupante del Ferrari y bebe un largo trago sin notar ningún efecto. *"Mierda, y ahora qué…"*. Frank termina de expulsar el contenido de su estómago y le quita de las manos la cantimplora, para después otear el contingente de no-muertos. -Parece que los hemos dejado atrás, no se les ve por ninguna parte.

-Están allí- informa Joseph señalando con el dedo a la lejanía.

-Yo no veo nada, Joseph-. Frank lo mira como si su compañero de viaje estuviera loco.

-Yo sí les puedo ver, están allí, mira bien.

-Amigo, se te va la cabeza, ahí no hay nada.

Snow sonríe, -¿acaso no lo estamos todos ya, después de salir del infierno? Sube al Ferrari, exprimiremos el motor, delante ya no hay más obstáculos.

Cuando ambos acceden al deportivo, Snow pisa a fondo el acelerador, de cero a diez segundos alcanza el tope del motor. No tardan en perder de vista a sus perseguidores. *"No tengo hambre, tengo sed, pero de qué... no es de agua".* Tras una hora de camino, ven la base aérea norteamericana Woody Maveriks, bautizada así en honor al comandante de la operación Pacificación Relámpago. Joseph observa como los tanques se están desplegando por el exterior del vallado, y junto a ellos varios jeeps y humvees. Despegan los Raptor Infinty X2, los descendientes de los antiguos F18, que descargan su carga gaseosa sobre las hordas cercanas. Al pasar las aeronaves sobre el Ferrari, sus dos ocupantes se quedan sordos por el estruendo de los motores. El intenso dolor en los oídos de Joseph le obliga a soltar el volante, perdiendo el control del coche. Al salirse de la carretera, el vehículo impacta contra una duna.

La arena entra por las ventanas laterales igual que una marea. Frank ayuda a salir del vehículo a un Joseph que grita desbordado por el intenso dolor, lo tumba en el suelo y coloca su mano en el pecho de Snow para intentar calmarlo y buscar heridas que expliquen lo que le pasa. Joseph pierde el control… agarra el brazo del bombero y muerde con fuerza. Disfruta del líquido caliente fluyendo en su garganta. Siente como sus oídos dejan de padecer dolor, todo malestar desaparece mientras sacia su sed. Frank cae hacia atrás. Su brazo se rompe por varias partes y el dolor lo deja inmovilizado. El bombero no puede defenderse. Snow, extasiado por la apremiante sensación de saciar su sed, se levanta y se arroja sobre el cuello del indefenso Frank. Bebe hasta no dejar gota de sangre…Joseph permanece quieto junto al cadáver, sin ser consciente del tiempo, ni de la horda que avanza muy cerca de él. Su mente está lejos del cuerpo que yace en el suelo, seco por dentro. Pronto, varios de los seres se acercan y comienzan a devorar al bombero. Algunos se acercan a Joseph y le olisquean unos segundos sin hacer nada en su contra.

Snow, llevado por la rabia, le da un puñetazo al corredor más cercano y le atraviesa la cabeza sin dificultad. Otros ven el ataque y se abalanzan sobre Joseph para intentar devorarlo inmovilizándolo con su peso, más de diez corredores intentan derribarlo y morderle. Aun así, él se alza de un impulso y los lanza por los aires a varios metros, siendo visto por el resto de corredores de las inmediaciones, que corren hacia su posición. Snow en su frenesí descuartiza de un solo golpe a cada atacante. Destroza cuerpos que una vez fueron de mujeres, hombres y niños. Recibe algunos mordiscos, aunque no los nota. Y así continúa hasta que le rodea una montaña de cadáveres, mientras se escuchan a lo lejos los disparos y explosiones de la base americana. Bajo el peso de los muertos quedan algunos atrapados que aún intentan alcanzarle sin éxito. La muralla de despojos se eleva casi un metro, así que el capataz se dispone a dar un salto. Para su sorpresa, su nueva fuerza lo catapulta varios metros en el aire, hasta acabar a cien pasos de donde estaba. El choque contra el suelo lo deja un instante atontado. Después, cuando se recompone de la sorpresa, observa la matanza que sus manos habían ejecutado sin piedad sobre más de mil corredores. El cuerpo de Frank yace reducido a poco más que una masa gelatinosa.

Joseph regresa al Ferrari, necesita pensar sobre lo que es ahora, en lo que se ha convertido… Pisa el acelerador del deportivo y toma una carretera secundaria, pasando cerca de la base americana. Allí descubre que evacúan la base en tres docenas de helicópteros, parece que la primera batalla fuera de Nueva Babilonia ha sido un fracaso. Snow no puede evitar preguntarse si entre los que evacúan estarían los heridos por mordeduras de acción lenta. Si es así, no saben la que se les viene encima… Enciende el GPS y comprueba que funciona.
-Hola, soy tu GPS, Samara, ¿qué desea de mí, señor Támiz?-. Joseph sonríe imaginando quien sería el dueño del vehículo. Esa voz parece sacada de una película porno.

-Soy Joseph, y quiero que me busques el camino más rápido para…- duda unos segundos -el aeropuerto de Ghalaysan.

-Comprobando ubicación. Espere unos segundos, amo- dice la voz del aparato -Está a 189,31km, le puedo si lo desea mostrar otro aeropuerto más cercano, a tan solo 113,24 km.

Joseph asiente para sí, -de acuerdo, llévame allí.

La computadora del GPS alterna voces femeninas -¿quiere realizar le compra de un billete?

Joseph se observa las manos viendo extrañado que su piel tiene un tono más vivo que antes -¿cuál es el primer vuelo que sale según el tiempo estimado de llegada?

-Comprobando. Espere un momento, amo... Aeropuerto de origen As Salman con destino al Aeropuerto de Tympaki, Creta. ¿Desea realizar la compra, amo?

Joseph contesta con voz torcida -Sí.

La máquina le responde con una voz suave y dulce -Por favor, amo, indique la clave de cuenta.

Joseph rebusca en la guantera mientras conduce, encuentra varias cajas de condones con sabores, un libro sobre el Kama-Sutra, varios caramelos y guías de viaje. Por último, una agenda con funda de cuero. "*Quizás esté aquí*", pasa las páginas y localiza una pegatina con un número, "*es tonto el tipo este, ¿habrá sobrevivido?*". -Clave: ocho... tres... uno... dos.

-Clave autorizada, amo.

Joseph ordena la guantera -quiero que lo pongas a nombre de Joseph Snow.

Debajo del GPS hay una ranura por la que se imprime el billete de viaje. -Hecho, amo.

Anochece y aún continúa conduciendo. No siente cansancio y tampoco hambre o sed, ninguna necesidad que le pueda molestar. Intenta no pensar en nada, no recordar el rostro de horror de Frank, o la matanza de muertos que ocurrió después. No sabe qué hacer, ni a donde ir realmente. Puede que sea hora de volver a San Francisco y ayudar a su familia. Es muy posible que las criaturas lleguen allí, puede que sea solo cuestión de tiempo.

-Hola, Joseph- ve una silueta formándose en el asiento del copiloto.

-Lo que faltaba, ¡estoy volviéndome loco!- dice Snow en voz alta, al tiempo que abolla la puerta de un manotazo.

-No es así, solo que tus sentidos, ahora trabajan en otra frecuencia- dice el recién llegado con una sonrisa despreocupada.

-Tú estás muerto, te vi morir. Vi como destrozaban tu cuerpo, justo antes de escapar por poco de allí. Eres parte de mi imaginación retorcida, después de todo lo que he presenciado...- clama Joseph poco convencido de la respuesta.

-No soy parte de tu imaginación, y sí, estoy muerto. Y tú, en parte, también- continúa hablándole el fantasma sin hacerle mucho caso.

-¿A qué vienes?, ¿a torturarme?- pregunta casi suplicante un Joseph consternado.

-Vengo a ayudarte, tienes mucho que hacer-. Neil Wood, está sentado en el asiento del copiloto. Lo mira con unos ojos vivos. Viste de una forma extraña, casi desnudo. Parece un indio, con el cuerpo pintarrajeado con líneas rojas y en parte cubierto por una piel de lobo de color blanco. -Todo se va a ir a la mierda, Joseph, y tú eres uno de los pocos hombres capaces de salvar lo poco que sobreviva de la humanidad- le desvela Neil.

-No sé lo que soy. Lo más probable es que sea un depredador sediento de sangre- argumenta Joseph.

-Estás llamado, igual que lo estoy yo. El mal ha mostrado un nuevo rostro, y es alguien de quien has oído hablar- el muerto intenta prepararlo para lo que ha de decirle.

-¿No me ves?, yo me alimento de la gente a la que debería ayudar. Maté a Frank. Sheryl murió por mi culpa y muchos más podrían morir a mis manos, Neil.

-Muchos morirán, pero salvarás a más de los que podrías imaginar. Existe una profecía que habla de ti y de otro. También habla de mi hijo Dorne y de otros que están llamados… Joseph.

-¿Y qué se supone que debo hacer?

-Tienes que encontrar a Svolen, él es la oscuridad que planea sobre el mundo. Muchos de los que son como tú se arrodillarán ante su voluntad, quedando vinculados a él para siempre. Pero tú serás libre. Deberás de oponerte a su poder, y luchar junto a los hombres y a otros como tú que se unirán a ti...

-¿Y cómo se supone que haré todo eso?

-Podrás contar con mi consejo, mi visión. Soy tu guía espiritual, así como lo fue el zorro blanco para mí. Así salve mi alma de quedar atada a un cadáver.

-De acuerdo, parémosle los pies a ese tipo, por mi hermano y todos los que merecen ser vengados- clama victorioso Joseph comprendiendo el porqué de su nueva existencia.

El Ferrari carraspea ya casi llegada la medianoche. El combustible se agota muy rápido y, por suerte, los faros alumbran una camioneta parada en medio de la carretera. Joseph baja del vehículo y ayudándose de los faros observa alrededor. Sobre la camioneta encuentra una ametralladora calibre 50. Con cuidado se acerca y descubre el cuerpo de un hombre negro de gran tamaño. Tiene una boina roja y un machete le cruza el pecho. Joseph repara en el disparo que hay en la cabeza del hombre. Se acerca al asiento del conductor, está todo manchado de sangre y no hay ningún ocupante, solo una mano aferrada al volante. *"Le quitaré la gasolina"*. Va a la parte trasera del vehículo y abre un baúl, esperando encontrar herramientas o un manguito que le sirva para extraer la gasolina del tanque. En su lugar encuentra varios botes de cuatro litros, tres de los cuales siguen teniendo combustible.

-Estamos de suerte Neil-. Saca los botes y llena el Ferrari con uno de ellos. Los otros los guarda en el asiento del copiloto. *"Quizás debería de coger armas…"*. Al momento, cambia de idea y sale del lugar a toda leche.

Neil está mirando a Joseph con un atisbo de preocupación. Puede ver como el hombre amable frente a él se desmorona poco a poco, tras una fachada de resolución. -Yo tengo un hijo en Vancouver, se llama Dorne y ha de llevar un gran peso sobre sus espaldas. Él será lo que yo hubiera sido, en otro mundo o en otro tiempo. Soy un chamán y no lo supe hasta que morí, y él lo será. Yo le ayudaré. Cuando llegue el momento, búscalo, sabrás quien es. Él tendrá la fuerza de todo un pueblo a su lado, para ayudarte- profetiza Neil.

-¿Y por qué él… o yo?- Joseph reacciona sobrecogido ante

las surrealistas y nuevas circunstancias, para las que no sabe bien si está preparado.

-Está en vuestra sangre. Todo erradica en la sangre, los linajes…

-¿Y como sé que no soy algo maligno?- pregunta con una mirada cargada con la pesadumbre de las vidas que ha arrebatado.

-En otro tiempo, tus ancestros inmortales caminaron por el mundo, muchos fueron demonios. Pero unos pocos no siguieron el camino de la ira, en su lugar guiaron a los humanos: Odín, Thor, Osiris…muchos enseñaron al hombre. Se alimentaron arrebatando las vidas de los que no debían existir, los desechos del pueblo. En nuestros días todos están extintos, vencidos por el hombre o por otros como ellos.

-¿Si eran inmortales, cómo se extinguieron?

-Hasta la inmortalidad tiene sus desventajas. El último de ellos fue decapitado, incinerado y sellado en una tumba de cemento, tras su reinado de odio y horror.

-¿Y cómo sabes todo eso?

-Los muertos hablan, lo saben todo, y yo soy su voz porque al igual que mis iguales y que tú vivo entre dos mundos…

El aeropuerto de As Salman, es poco más que un aeródromo con grandes pistas para aviones de carga pesada y dos pequeños hangares, que hacen tanto de salas de espera como de zona de reparaciones para aviones. Una vez dentro ve a un grupo de doce personas inmersas en sus aparatos electrónicos. Joseph se acerca a la mesa de recepción en la que se encuentra una chica tomando un refresco sabor lima. La chica de cabello rubio y gesto torpe, sin quererlo, logra helarle la sangre, recordándole que Sheryl está muerta. Controlando sus impulsos, saca el billete de avión y se lo enseña a la chica.

-Creta, sí claro, saldrá en quince minutos. El resto de presentes irán en su vuelo, así que espere con ellos.

El Mundo

Washington

El presidente James Monroe subió a escena, situándose ante los poco más de veinte periodistas acreditados para la ocasión. En toda la sala había unos doce agentes del servicio secreto vigilando que todo fuera como la seda, atentos al más mínimo detalle que pudiera alertarlos de una amenaza. El secretario de defensa permanecía apenas visible a un lado de la estancia, coordinando discretamente al servicio secreto. Todo debía de estar perfecto y cubierto. El presidente bebió un vaso de agua y se aclaró la garganta, y tras dar un último repaso mental a lo que tenía entre manos, comenzó con el discurso:

-Es mi deber, mi obligación como presidente de los Estados Unidos de América, he de velar por la seguridad e integridad de nuestra amada nación. Vengan de donde vengan las amenazas, ya sean externas o internas, el gobierno ha de actuar en nombre de sus ciudadanos. Por eso estoy aquí, compadeciendo ante vosotros, el pueblo norteamericano que una vez me eligió como humilde guardián de esta nación. No solo por el interés general, sino también por cada uno de los ciudadanos, como personas, como seres humanos. Hoy es un día triste, en el que se ha descubierto una víbora entre nosotros, cuyas artificios no conocen límites. Un hombre que ha vulnerado los derechos humanos a lo largo y ancho del planeta. Este hombre, mediante una agresiva política de expansión, ha obtenido el monopolio en diversas áreas de los mercados mundiales. Aprovechándose de su condición, ha financiado todo tipo de acciones depravadas. Así que, desde hoy su cara pasará a engrosar la lista de los más buscados por nuestro gobierno-. En una pantalla se mostraban varias fotografías de William Svolen. -Se trata de William Svolen, dueño de Industrias Svolen. Disponemos de numerosas pruebas que lo relacionan con hechos carentes de toda humanidad. Se ha vinculado a varias de sus filiales con la financiación de grupos extremistas, que extienden el terror. Grupos que han atentado contra ciudadanos e intereses norteamericanos. Su último agravio contra nuestro gobierno ha sido el homicidio de nueve agentes del FBI, que se disponían a arrestarle hace varios días. Su brazo armado el Grupo Origen ha actuado tanto en suelo extranjero como nacional sin autorización, asesinando en ocasiones a inocentes o robando propiedades privadas y públicas. Sus agentes han provocado golpes de estado, y han desestabilizado gobiernos en Asia, África y Europa, además de intentar extorsionar a este gobierno recientemente. Él mismo ha ejecutado a miembros del pueblo americano que le eran contrarios. La lista de sus atrocidades es larga, tan larga como ha demostrado ser su mano.

Siento una terrible vergüenza, por un gobierno que no ha tomado cartas en este asunto con anterioridad. Así que desde este momento mi administración moverá ficha contra esta persona y sus allegados. Hace treinta y seis horas, por orden presidencial, se ha iniciado la incautación y desarticulación de las Industrias Svolen, al igual que de su brazo militarizado Grupo Origen. Cualquier miembro de estas entidades que se niegue a ponerse a disposición de las fuerzas de la ley será considerado terrorista, y se actuará en función de la Ley Patriótica. Ya se ha efectuado más de doscientos arrestos, incluyendo a miembros del congreso-. Tras una pausa de varios segundos, Monroe continuó con su discurso -así mismo, cualquier ciudadano que entregue información que llevara a la detención de William Svolen, será recompensado con doce millones de dólares. Cualquier gobierno que acoja a este fugitivo, será considerado enemigo de nuestra potencia y por lo tanto se actuará en consideración a ello. ¿Alguna pregunta?

-Señor Presidente, Tomas Blacke, Informativos CDB. Quería preguntarle en qué consiste…- uno de los agentes del servicio secreto que se encontraba a la derecha de la sala sacó su pistola reglamentaria y descargó dos disparos sobre el presidente. El caos se extendió por la sala mientras la cámara enfocaba a varios agentes arrojándose sobre el presidente, con el propósito de protegerlo de más posibles balas. También capturó al agresor apuntándose a la cabeza, y apretando el gatillo…

Capítulo 23

Viaje en las sombras

**"Están cayendo desde los rascacielos, sobre nuestras aspas...
¡nos estrellamos!, ¡S.O.S.!"
Últimas palabras del piloto Stan Fountain.**

Los cielos de Oriente Medio

Diario arqueológico de Lidia:

"He descubierto dos textos diferentes en el objeto. Esta segunda escritura es muy extraña, creo que se trata de una especie de lengua madre de la que pudieron surgir todas las antiguas. No tiene sentido, teniendo en cuenta que el reino de Gilgamesh fue el primero en usar textos. Esto provoca que me plantee nuevas incógnitas.

Traducción:

El poder está en la sangre y en su genética. Los dioses son padres de unos hijos diferentes, que están tocados, pero lo desconocen. Aunque su sangre se vuelve turbia al contacto con otros humanos, en ocasiones esa impureza es tan ínfima que permite el nacimiento de un nuevo dios, al contacto con el Acrux B, un virus para la inmortalidad que puede arrebatar el espíritu del hombre para darle aún más fuerza. El primero en recibir el conocimiento tendrá el poder para erigir al resto de escogidos por su dedo, para que gobierne a las criaturas de este mundo y les exija tributo.

Este texto minúsculo no revela a su autor, pero puedo asegurar que el hombre del que habla es Gilgamesh. ¿Pero quién es el escritor?, ¿cómo obtuvo los conocimientos de los que habla? Por desgracia, el resto del segundo texto no consigo entenderlo, me llevará mucho tiempo descifrarlo".

Unas horas después de despegar, Evan abandona la cabina y se sienta junto a Lidia. Ella parece absorta, apuntando cosas sin parar en su libreta. No ha parado de trabajar desde el despegue. Trussoni no puede hacer más que admirar su obstinación. Le hace un gesto a Robert para que se dirija a la cabina y los deje solos. Robert sin decir nada, va junto a Eddy, momento en el que Trussoni coloca su mano sobre la de Lidia, que se sobresalta sorprendida. No había reparado ni tan siquiera en su presencia. Le dedica una amplia sonrisa y apoya su cabeza pelirroja en el pecho de él. Permanecen un rato en silencio, ninguno quiere romper el momento. Después, ella guarda en la mochila su libreta y la reliquia.

-Quiero creerte Evan, en serio, lo hago con todas mis fuerzas.

Pero una parte de mí, teme que en realidad me estés usando.

El capitán nota como su alma se rompe en pequeños pedazos y le acaricia el rostro con el dorso de la mano. -Yo, te amo- atina a decir.

Ella agarra la mano que le acaricia, y con la otra acerca su protector a sí misma. El avión se zarandea por las turbulencias y ambos caen al suelo. Él la protege de la caída con sus fuertes brazos, y la envuelve con ellos. -No tengas miedo, recuerda nuestras noches en Francia, en el hotel Règle du Roi. Te entregué cada rincón de mi mente y cuerpo en aquellas noches de pasión, antes de que este infierno se desatara.

-Quiero creerte, no sé si te amo Evan, no sé nada. Solo sé que temo perderte un día, y puede que quizás ese día llegue pronto- Lidia pierde la mirada mientras le dice esas palabras, imaginando por un momento un futuro sin él.

-Pues si ese día se acerca, entrégate una vez más a mí, y disipa tus pensamientos y temores, tan solo siéntenos- le invita Trussoni mientras acaricia una de sus sonrojadas mejillas.

Lidia dirige una mirada a la puerta de la cabina, y luego nota como las manos de él se introducen bajo su camisa. Cierra los ojos para sentir las fuertes manos ascendiendo por su abdomen. Evan acerca su boca al oído de ella y deja que sienta el leve rubor de su

274

aliento. Ella por su parte deja escapar un leve gemido de excitación. El deseo ahonda en su corazón y le quita el cinturón a Evan, dejando caer los pantalones al suelo. Sus manos encuentran al cuerpo que tantas veces la había tomado, y dirige sus besos sobre los pectorales definidos del soldado. La ropa de ella cae por el suelo y rueda con las turbulencias. Trussoni se aferra con su mano derecha a una de las cuerdas y la aprisiona entre la pared y su cuerpo. Todo a su alrededor se agita. Ambos cuerpos entrechocan encontrándose y separándose un sinfín de ocasiones, hasta que ella logra sujetarse con sus piernas alrededor de la cintura de él.

-¿Me quieres? ¿Me quieres? ¿Me quieres?... dímelo Evan, lo necesito- su voz se apaga mientras sus piernas comienzan a temblar -dímelo…

-Te quiero Lidia, sin dudas te quiero, por quien eres, te quiero...

Tras el éxtasis, ambos se quedan en la misma posición, quietos…silenciosos observándose a los ojos, comprendiendo que en realidad, ambos se aman y que no hay escapatoria de los sentimientos que gobiernan sus actos...

"Todo da igual", piensa para sí Evan, *"él ya lo sabe, y pronto ella tendrá que elegir entre su prometido o yo. Solo espero que me elija a mí".* Está sentado con ella entre las cajas, jugueteando con

un mechón de su pelo, mientras ella descansa en su regazo. El resto del equipo está en la cabina, metidos en otros asuntos. Ha dejado a Eddy roncando, con los pies sobre el volante de pilotaje, el cual permanece anclado con una polea que mantiene el rumbo fijo. Evan tiene estudiadas las cartas de vuelo al detalle. Todo el trayecto tiene un trazado con el lápiz. También hay multitud de códigos y símbolos extraños, que solo un contrabandista podría entender. *"Bombay, Smith Island, Borneo, Nueva Guinea, isla de Naru, isla Baker, Hawai, y por último San Francisco. Va a ser un largo viaje, en este cacharro, muchas cosas pueden salir mal"*, piensa unos instantes Evan preocupado, sintiendo la misma sensación que tuvo durante la desesperada huida de Nueva Babilonia.

Robert duerme junto a Eddy, atrapado en un sueño de horror y sangre:

"El callejón es largo, muy largo. Busca puertas a su alrededor y solo encuentra paredes lisas. También escudriña esperando ver ventanas, aunque las que encuentra están muy altas. Tras él, muchas criaturas, incontables, corren. Un coro de voces le instan a que se una a ellos. Intenta dejarlos atrás por todos los medios, arroja contenedores al suelo y avanza dando grandes zancadas. Nada de eso sirve.

-Únete a nuestro canto Robert, únete a aquellos que has

matado.

-¡Nooooo!

Tropieza y cae al suelo, intenta levantarse y sus piernas le fallan una y otra vez. Ahora los que corrían tras él, caminan con calman, sonriéndole con rostros desfigurados, entre ellos los miembros de familias rivales que una vez asesinó. También aquella chica que secuestró y que no sobrevivió, fue un accidente... también descubre al contable, su última víctima como pistolero de Vito. Pronto, todas aquellas manos se aferran a él, y comienzan a tirar en todas direcciones. Sus huesos se parten, su carne se separa del cuerpo arrancada...

—Vennn, es tu destino ".

Se despierta sobresaltado. Su voz se ahoga con el vómito que asciende por su garganta. Lo logra reprimir en el último instante. Mira a su alrededor y repara en que se encuentra en la cabina, y los fuertes ronquidos del piloto son similares a los de un perro en lenta agonía. Justo en ese instante, la compuerta que da a la zona de carga se abre, y por ella aparece Trussoni.

-¿Qué tenemos capitán?- le pregunta Robert descolocado por la pesadilla, intentando ocultar su profunda agitación.

-Un largo viaje Robert, tendremos que hacer más paradas de

las que me gustarían- admite Evan sin averiguar el estado de Robert, porque él también está igual.

-Nuestros enemigos, sean quienes sean, no saben que hemos escapado- le comenta poco convencido Robert.

-Ahora mismo todo está en el aire, y es literal Robert, por eso te pregunto, ¿puedo contar con tu pericia hasta el final?- espera la respuesta expectante, barajando la posibilidad de eliminarlo si hace peligrar su misión.

-Eso ya lo he demostrado, "capi"- le recuerda ya persuadido Robert, mostrándole la lealtad que tuvo en otro tiempo con el mafioso Vito. Con el pulgar en alto reafirma su intención.

-Es bueno contar con tu presencia- reconoce aliviado Evan sin terminar de apartar la idea que flota por su mente. Y dirigiendo su mirada hacia la puerta de carga, endurece su rostro.

-Gracias Evan, ¿te puedo llamar así?

El capitán levanta una ceja y vuelve a mirar las cartas de navegación -sin problema, amigo.

El Mundo

Boston

22 min después del homicidio del presidente James Monroe

La comitiva del vicepresidente, cuatro limusinas, además de dos coches patrulla y quince miembros de las fuerzas de seguridad motorizadas, atravesaba la ciudad. En el interior de la tercera limusina, el vicepresidente Gerald C. Buchanan y sus más cercanos consejeros, eran testigos del caos y la confusión de los medios de comunicación.

-¿Cuál es su estado?- le preguntó el vicepresidente a uno de sus acompañantes, pensativo.

-Me han confirmado señor, que el presidente está en coma. Una de las dos balas le ha dado en la cabeza y la otra ha pasado muy cerca de la espina dorsal, no quieren operarlo hasta que se estabilice- informó uno de los escoltas, viendo la información en la pantalla de su PDA.

-Hoy es un día terrible para nuestra nación, ¿qué se ha averiguado del traidor?- preguntó Gerald a su enlace del servicio secreto.

-Según el director de la Unidad Antiterrorista Táctica, la

familia del agente Derek Batista estaba secuestrada. Su hipótesis es que le obligaron al asesinato-suicidio si quería que su mujer y dos hijas salieran con vida. Tras el magnicidio televisado del presidente, la familia ha sido asesinada a modo ejecución en el salón de su casa- le respondió con el rostro desencajado -los conocía, eran buenas personas.

-Hay que detener a William Svolen... ¿cómo van las investigaciones?

———————————

Desde una de las azoteas cercanas un hombre marcó con su cámara el objetivo, la tercera limusina. Un minuto después, un misil balístico Predador X10 impactó contra el vehículo volándolo por los aires. Los gritos se convirtieron en un coro desorganizado, los pocos agentes motorizados que podían tenerse en pie, intentaron auxiliar a los heridos, tanto miembros de la comitiva como ciudadanos inocentes que pasaban por allí. Uno de los agentes encontró bajo una puerta de coche un cadáver carbonizado que llevaba un anillo de oro con el sello presidencial...

Casi todos los vehículos de la calle ardían, y algunos comenzaron a explotar como parte de una reacción en cadena, sembrando de muerte el lugar.

Capítulo 24

Merecido descanso en Bombay

**"La Red Pelícano hace posible que todos tengan lo que quieren.
Aunque esté prohibido, todo está en nuestras manos"
Fredy Sanders, coordinador de la Red Pelícano.**

Bombay

4 horas después

-Pelícano azul, a puerta de las estrellas. Una estrella asciende cuando otra cae ¿Me copian?- solicita Eddy por radio.

Una voz con claro acento hindú responde -afirmativo pelícano azul, no te esperábamos hasta dentro de un mes.

-¿todo seguro ahí abajo?- pregunta Eddy.

-Afirmativo, puedes aterrizar sin problema-.

Trussoni observa desde la cabina el bosque tropical buscando el aeródromo de destino. No lo consigue en un primer momento, no hasta que Eddy ya ha aterrizando. -¿Dónde estamos Eddy?- pregunta sorprendido por el nivel de mimetismo del lugar con la selva tropical, es muy difícil diferenciar entre el aeródromo y el entorno.

-Al norte de Bombay, un pequeño sitio seguro de la red de contrabando Pelícano-. Trussoni se percata de que gran parte de la pista permanece oculta por grandes árboles, y que solo hay una entrada y una salida a través de la arboleda. Solo pilotos muy experimentados podrían aterrizar aquí.

-¿Red Pelícano?- pregunta Evan intrigado.

-Desde los 60 existe, y los tipos que la montaron son gente muy poderosa. Algunos forman parte del gobierno de la mayoría de países, otros son importantes miembros de multinacionales. Se podría decir que somos el auténtico correo postal del mundo, el único por el que puedes enviar ciertas cosas…- le ilustra Eddy con un halo de misterio mientras se desabrocha el cinturón y saca un puro con el que juega entre sus dedos.

-¿Cómo entraste?- Evan se fija en el anillo con un pelicano en la mano del experimentado piloto.

-Después de la muerte de cáncer de mi mujer me dedique a la bebida, ellos me encontraron borracho como una cuba en Egipto, y básicamente me dijeron que necesitaban un tipo "loco" como yo. Lo sabían todo sobre mí, incluidas las operaciones encubiertas que realicé con mi avioneta en mi pasado militar. Me gustó la propuesta y acepté.

282

El Antonov-24 aterriza sin dificultad y dos chicos de unos veinte años se acercan corriendo con una gran manta verde, con la que empiezan a tapar el viejo avión de carga.

-Vámonos al hotel. Es hora de descansar- dice Eddy encendiendo el puro egipcio con el que lleva un rato jugando.

-¿Hotel?- pregunta Evan extrañado por la amplitud del complejo en el que se encuentran.

-Este aeródromo tiene un lugar de descanso seguro, oculto en plena selva. Un buen lugar donde saciar tus apetitos con discreción, Evan.

Al Jazeera

Las imágenes son desoladoras. Muestran desde un helicóptero un enjambre de cientos de corredores asaltando un campamento de refugiados. Vienen desde el páramo desértico. Los refugiados a las afueras de Suez intentan huir, pero las hordas vienen de todas las direcciones. Muchos de ellos se lanzan al canal de Suez para intentar llegar a la ciudad. Los soldados tratan de hacer frente a la avalancha, valiéndose de bazucas y M16. Pero es insuficiente, poco a poco pierden terreno frente al enemigo.

El reportero informa sobre como aquella horda se introduce

en el campamento, aumentando su número por momentos. -No tengo palabras para contaros lo que estoy viendo, ni siquiera yo puedo creer la pesadilla de la que estoy siendo testigo. Que Alá sea misericordioso. Nadie sabe de dónde han surgido estas bestias salvajes. Esto es inaudito.

-Esta misma escena se repite por todo oriente- recita una voz detrás de la cámara -señores espectadores, puede que este sea el final de los tiempos. No hay escapatoria posible contra el hambre de estos seres. Porque si algo está claro, es que no son hombres, sino bestias enfurecidas y hambrientas de carne.

Al aterrizar, Eddy sale como un rayo y va directo al único edificio del aeródromo. Trussoni no puede evitar fijarse en que está cubierto de hojas, integrado en la tupida selva. Con seguridad, es invisible desde el aire y el espacio -un truco ingenioso- dice en voz baja.

Eddy abandona el edificio con dos adolescentes y un hombre con un turbante rojo en la cabeza. Van directos a la escotilla por donde ya están desembarcando Lidia y Robert.

-Aquí traigo seis cajas de puros egipcios para vosotros, y otra caja con el material convenido- le dice Eddy al hombre del turbante.

Los adolescentes entran corriendo por la escotilla y salen acto seguido portando las cajas y haciéndole un gesto de aprobación a su padre.

-¿Y tus amigos?- pregunta el del turbante rojo.

-Clientes míos, nada de qué preocuparse. Lléname los tanques auxiliares de combustible. También ingrésame el pago, no te olvides- le indica Eddy dándole un golpe de forma afable en la espalda y añade -tus hijos cada vez son más grandes.

-En este mismo momento te estamos haciendo la transferencia- le confirma devolviéndole la palmada en la espalda al piloto.

Trussoni espera paciente a que la conversación termine, después se acerca a su antiguo mentor -¿y ahora qué?

-Nos tenemos que quedar unos días, viene un tifón de los fuertes. Por suerte, este aeródromo tiene, como parte del complejo, el hotel tropical del que te hable, a treinta minutos. Allí podemos descansar, te gustará.

Lidia se acerca, -no podemos quedarnos, hay que irse pronto.

El piloto le dirige una sonrisa paciente -chica, no somos suicidas, toca descansar y esperar al buen tiempo, a no ser que quieras seguir los pasos de la célebre piloto Amelia Earhart.

Robert observa la maleza, -¿qué pasa?- le pregunta Lidia, alejándose de los dos soldados. Robert parece tenso.

-No me gusta la naturaleza, lo mío son las ciudades y en especial los bajos fondos. Sitios en los que el depredador soy yo.

Permanecen tres días en el hotel semiabandonado, atrapados por el fuerte monzón que azota buena parte de la India, y tendrán que esperar otros tres días más si continúa así, por lo que están atrapados allí hasta que Eddy vea vientos favorables.

Evan, tumbado en la cama, observa a Lidia mirar por la ventana. Ella solo está vestida con una camiseta, y cubierta con una manta. Su rostro muestra una actitud pensativa y dura, aunque con su mano derecha juega con uno de sus rizos pelirrojos. Trussoni intuye que es una manía de la que ella es poco consciente.

-¿Qué se te está pasando por la cabeza?- Evan le pregunta al fin, rompiendo el silencio del momento.

Ella dirige la mirada hacia él y le sonríe, -nada, disfruto del momento, Evan.

-Pues ven a aquí, vas a coger frio ahí parada.

Las ventanas golpean con el viento la estancia, y varias

goteras se cuelan por el techo. El rugido del viento es fuerte, pero no impide que Evan reconozca el ruido de una ráfaga de fusil. Se levanta como un resorte y le indica a Lidia que se agache.

-Quédate aquí, no te acerques a las ventanas Lidia- dice Trussoni poniéndose los pantalones con rapidez y saliendo de la cama sin la camisa ni los zapatos. Porta su pistola y apunta a todas partes. Vuelve a escuchar una segunda ráfaga, aunque por el viento es difícil precisar de donde viene. -¡¿Quién dispara?!- grita.

No obtiene respuesta, así que se dirige a la caseta adyacente, en la que descansan Robert y Eddy. Una vez allí, a unos metros ve un tigre de bengala, muerto. Eddy le apunta, mientras Robert se agarra el brazo. Evan se acerca hacia ellos corriendo -¡¿Qué ha pasado?!- pregunta a voces para hacerse oír.

-¡El puto tigre intentó entrar, me ha dado un zarpazo!- responde el gánster con el orgullo más herido que su brazo.

-Buscaría refugio- afirma Eddy dándole una patada al cadáver del felino.

-Volved a la caseta- les sugiere Evan, ya más tranquilo.

Todos acceden de nuevo a la caseta y Trussoni comprueba que el brazo izquierdo de Robert tiene un profundo arañazo.

-Odio las selvas- dice con sorna Robert, disimulando el dolor con una mueca de desagrado.

-Veo que solo tienes el orgullo herido- Eddy saca de su mochila un botiquín y se dispone a curarle la herida.-Vuelve con tu chica Trussoni, ya me encargo de esto yo.

Evan sale de la caseta y regresa a su cuarto. En la puerta le espera ella, -un tigre- es la única explicación que le da a la chica. Se quita los pantalones y se tumba otra vez en la cama. Ella va de puntillas, y de un brinco se acomoda en el regazo del capitán. Este la envuelve con su brazo izquierdo, mientras que con el derecho enciende el televisor con el mando. En la pantalla aparece Edan Fisher, reportero de la CNN, dando un resumen sobre los asesinatos del presidente de los Estados Unidos y del vicepresidente acontecidos el día anterior. También hablan sobre el supuesto cerebro de la trama, William Svolen.

El Mundo

El Cairo

La hambruna golpeaba con fuerza Egipto tras el caos que dejó sin gobierno al país durante casi tres años. La situación había ido a peor, causando la muerte de muchos refugiados día tras día. Por eso, la Cruz Roja montó un centro de operaciones. También tenía varios almacenes de alimentos listos para ser dispensados. Los cooperantes estaban amparados por los cascos azules, quienes los escoltaban en cada salida de ayuda humanitaria.

Ana y Jake dormían plácidamente la siesta en la misma cama. Para uno, el otro era la persona más idealista que conocía, y viceversa. Por eso, al poco tiempo de llegar allí congeniaron, convirtiéndose en la "parejita feliz" de los quince voluntarios del lugar. Estaban disfrutando de aquella siesta, escasos de ropa uno al lado del otro.

-Jake, Ana, despertad. Toca reunión en la sala de conferencias- les interrumpen desde la puerta.

-si... sí... Ya vamos, Clarisa...- respondieron ambos jugueteando con sus dedos entrelazados.

En cuanto se hubo ido la jefa del campamento, ambos salieron de la cama inmersos en caricias y comenzaron a vestirse con calma. Sus ropas eran sencillas y cómodas. Unos vaqueros y una camiseta blanca con una cruz roja en grande.

-¿Que pasará?- preguntó Ana a Jake mientras él le retiraba el largo pelo negro hacia atrás.

-Seguro que es para felicitarnos por nuestro trabajo en equipo y contarnos que las subvenciones se retrasan...como siempre- le aseguró Jake con tranquilidad.

20 min después

-Bien ya estamos todos, antes que nada felicitaros por el trabajo duro que desempeñáis en este lugar. Los catorce, y yo misma, hemos demostrado a estas gentes que no están solos- manifestó Clarisa, la jefa del campamento de la Cruz Roja, era ya una veterana en las misiones humanitarias.

Todos se aplaudieron entre sí con una sonrisa.

-Pero ahora estamos en un aprieto… el Mando de la ONU en este sector, el General O'Neill, nos solicita que recojamos nuestras cosas para ser evacuados del lugar- continuó informándoles la veterana de manera casi automática.

Todos se miraron entre sí -¿Por qué?… ¿han dicho algo?

-Solo nos han ordenado que nos vayamos. No pueden garantizar nuestra seguridad en estos momentos. Nuestro reparto de comida fijado a las 16:00 ha de ser cancelado, ya que los cascos azules no disponen de efectivos para escoltarnos- dijo tajante y disconforme Clarisa.

-¡De qué cojones va todo esto Clarisa, si son más de doce mil cascos azules, solo en el Cairo!- le respondió incrédulo Jake, secundado por Esmeralda.

-Es lo que hay chicos…

-Podríamos hacer este reparto, no necesitamos armas para ello. Ésta gente no puede esperar un día a que les entreguemos la comida. Ya se están muriendo. Con solo una hora de retraso ya estaríamos matando...Clarisa-añadió Ana.

-No es buena idea, pero tenéis razón, lo hacemos por votación. Levantad las manos los que queráis esperar a la evacuación, ¿Y los que queréis repartid la comida?- sonrío complacida Clarisa. -Bueno, está decidido, nueve contra seis. Salimos dentro de dos horas.

2 h después

Los camiones del convoy humanitario se desplazaban por las calles en dirección a los descampados, no muy lejos de las pirámides, lugar donde se habían levantado varios poblados de chabolas. Ya les perseguía una multitud de familias con las manos levantadas, pidiendo comida y agua. Jake les gritaba a pleno pulmón que fueran a los descampados. Ana admiraba a su novio y lo veía como un ejemplo para esforzarse más y ser merecedora de tenerlo a su lado. Clarisa estaba sentada junto a ella, hablando por teléfono. Parecía discutir con un oficial comisionado de la ONU. El calor era duro, tan duro que la ropa de los cooperantes casi se transparentaban por el sudor. Cada uno contaba con una cantimplora de agua de la que procuraban beber lo mínimo, ya que les quedaban dos o tres largas horas de repartir alimentos. Llegando ya al descampado fueron viendo los poblados que lo rodeaban, la multitud de tiendas y chabolas, incluso familias tiradas en medio de ninguna parte, sin cobijo, con claros síntomas de insolación. En el momento del reparto Jake y Ana quedaron impresionados, ya que no podían ver la arena del suelo entre tantos necesitados. Fuera como fuera, iniciaron el reparto. Un kilo de arroz y dos botellas de agua por persona. Se agolpaban unos sobre otros, intentando recibir la comida que tanto les era imprescindible. Hubo un momento en que un hombre se agarró de la manga de Ana, intentando subir al camión. Casi la arroja sobre la multitud, y Jake tuvo que sujetarla tras darle un fuerte empujón al hombre. La situación se les estaba yendo de las manos, uno de los cinco camiones estaba invadido, y los cooperantes que debían estar sobre él no estaban a la vista. Clarisa cogió el walkie -camión tres respondan. ¿Esmeralda? ¿Elena? ¿Marcus? Respondan. ¿Estáis bien?

Ninguna respuesta. El caos se instauraba en la antes calmada plaza, y la gente empezó a atacar los camiones, desesperados. Jake le dirigió una mirada de preocupación a Clarisa. Ella sacó el móvil y marcó el número de contacto -Tenemos problemas en los poblados, hemos perdido el control. Envíen a alguien, quien sea…¿Cómo que no es posible?, ¡estamos en apuros!- gritó Clarisa, perdiendo los nervios -Ana, Jake, cerrad las puertas del camión, no vendrá ayuda. Ahmed, intenta acercar tu camión a los otros. Vamos a recoger a los que podamos.

El camión se acercó al vehículo tres, y allí comprobaron que estaban saqueando los alimentos entre unos pocos. Jake buscó por la puerta entreabierta a sus ocupantes.

-¡Mierda!- Jake salió del camión como un rayo, Clarisa y Ana sostuvieron la puerta evitando que se cerrara y buscaron a Jake, no era difícil verle con la camiseta blanca. Vieron a donde se dirigía y Ana soltó una exclamación de horror.

Jake trataba a la gente con dureza, había perdido el control y apartaba a empujones y puñetazos por igual. -¡Manadas de cabrones dejadme pasar!

Finalmente le perdieron la pista entre la multitud. Ana se asustó al notar como él desaparecía bajo un montículo de gente. No tardó en emerger de entre los cuerpos mermados por el hambre. En sus brazos llevaba a Esmeralda, repleta de heridas por todo el cuerpo, además de huellas de pies y sandalias ensangrentadas. Le vieron intentar entrar en el camión y apartar a seis hombres que forcejeaban para abrir la puerta. Finalmente, logró entrar y cerrar la puerta tras de sí.

-La han pisoteado, está muy mal, no sé ni si está viva- farfullaba nervioso, mientras depositaba el cuerpo entre varios sacos de arroz.

Clarisa se acercó y puso sus manos en el cuello de ella -Está viva Jake, pero muy mal.

-¿Viste a los demás?- le preguntó Ana agarrándole la cara con las palmas de sus manos, intentando que se centrara.

-No pude joder, no pude- respondió Jake fuera de sí, como si no hablara con las presentes.

Clarisa sacó el walkie -...a todos los vehículos, cierren puertas, nos vamos del campamento de inmediato.

-¿Y los demás que?- se dirigió Jake a Clarisa con agresividad.

-No podemos hacer nada, Jake- Clarisa respondió con autoridad, intentando controlar el ímpetu del cooperante sin mucho éxito, ya que este no dejaba de moverse nervioso por el interior del camión.

294

-Yo vuelvo ahí fuera Clarisa, no me lo puedes impedir- le retó resuelto Jake golpeándose la palma de la mano con el puño.

-Si abres esa puerta entraran aquí, ¿¡quieres que Ana acabe como Esmeralda!?- trató de imponerse a la actitud suicida del joven.

Fuera, se comenzaron a escuchar gritos mezclados con sonidos extraños. Ninguno de los tres comprendía de donde provenían los espeluznantes sonidos, pero les helaban la sangre. Sin motivo, el camión aceleró para luego detenerse con brusquedad. Clarisa miró por la ventanilla que daba a la cabina del conductor. Vio que ya no estaba. No podía distinguir nada con claridad entre toda la gente que estaba delante del camión. Notó que algunos sangraban pero no lo entendía, no se habían escuchado disparos.

-¡Todos al suelo!, creo que están disparando con silenciadores a la gente, cubríos con los sacos de arroz- ordenó con la voz de la experiencia, Clarisa.

Poco a poco, las manos que golpeaban el camión y las voces que pedían comida o ayuda fueron cesando... y en su lugar se escuchaban aquellos gritos con más fuerza, desde todas partes.

30 min después

Jake abrazaba a Ana mientras ella lloraba en silencio, la estaba protegiendo con su cuerpo por si entraban las balas. Por su parte, Clarisa intentaba ayudar a Esmeralda, que parecía empeorar. Con la poca luz que entraba por la rejilla de ventilación no tenía manera de averiguar exactamente cuál era la situación de la chica, pero sabía lo suficiente como para entender que moriría si no recibía ayuda. Lo supo desde el momento en que pudo ver los ojos de la chica y descubrir que se volvían amarillos, seguramente tendría los riñones o el hígado destrozados. Nadie aparecía para ayudarles, ni intentaba abrir la puerta. Aun así aquellos gritos extraños que parecían venir desde el mismo infierno los mantenían atrapados por miedo a descubrir lo que afuera acontecía. Sin embargo, como respuesta a sus plegarias, de repente escucharon el estruendo de los helicópteros, y una voz desconocida a través del transmisor de Clarisa. -Unidad de rescate de la ONU a comitiva humanitaria, ¿me reciben? ¿queda alguien vivo hay abajo?

-¡Sí... sí!, somos cinco camiones, están hablando con Clarisa- informó esperanzada con una leve sonrisa. Puso su mano sobre el hombro de Jake.

-Negativo, tan solo veo dos intactos señora- le respondieron por la emisora dejando perpleja y casi sin habla a la veterana cooperante.

Se levantó del suelo y se acercó a la rejilla para ver si recibía mejor la señal, debía de estar entendiendo mal a su interlocutor.

-Somos quince cooperantes- repitió ella convencida, como si fuera la única verdad en ese instante. Una verdad inalterable, porque lo contrario significaría que ella los había matado.

-Soy el teniente Mike y vamos a descender varios hombres sobre vuestra posición. Cuando hayamos asegurado el perímetro inmediato, golpearemos tres veces en la puerta. Saldréis y os subiremos a los helicópteros, ¿entendido?- indicó su interlocutor.

-Sí, entiendo- respondió Clarisa, con el alma en los pies. -Quien me pueda escuchar, soy Clarisa. Si habéis recibido el comunicado responded o dad un pitido en el walkie- el silencio fue la única respuesta.

En el exterior se escucharon varias ametralladoras descargando sus proyectiles. Los casquillos caían sobre el techo del camión causando una falsa sensación de lluvia. Pronto, el sonido seco de dos pares de botas se oyó también en el techo.

-Cambio de planes Clarisa, no podemos asegurar el perímetro hay demasiados, así que abriremos un boquete en el techo y os sacaremos de ahí- les informó brusco el teniente Mike.

Un pequeño estallido abrió un agujero en lo alto del camión, lo suficientemente grande como para una persona. Por él se deslizó un casco azul con un fusil y una linterna, los enfocó a todos con rapidez buscando amenazas…

-¿Hay alguien herido?- preguntó con rudeza, apuntándolos a todos con su arma. Se fija en la chica que permanece aún tirada en el suelo del camión, entre la comida del reparto.

- Sí, Esmeralda, la chica que está aquí- señaló Clarisa amistosa.

-¿Ha sido mordida?- inquirió el soldado como si los presentes supieran lo que aquello significaba.

-¿Cómo que mordida, de qué hablas? Claro que no, son solo gente asustada y hambrienta.

-¡Pero qué pregunta más estúpida, la han pisoteado!- gritó Jake al borde de perder la paciencia.

-Teniente. Tres para recogida, un cuarto ocupante en estado grave sin confirmar- comunicó el soldado por la emisora al equipo del helicóptero.

-Recibido- se oyó como respuesta desde el aparato.

-Teniente, en el otro camión… están todos… infectados- se escuchó por la emisora.

El soldado ató la cuerda que usó para entrar a la cintura a Ana. -Inicien extracción uno- informó a su superior, volviendo a repetir la operación con Clarisa -inicien extracción dos-, y después con Jake,

-inicien extracción tres- solicitó el soldado, y tras asegurarse de que Jake llegó al helicóptero, recibió la última orden.

-Inicie protocolo dos, soldado- le ordenó el teniente Mike.

Los tres voluntarios de la Cruz Roja vieron horrorizados, mientras les izaban, una ciudad con grandes columnas de humo, gente corriendo en todas direcciones, incluso pudieron advertir como pequeñas unidades de cascos azules se abrían paso a tiros por sus calles mientras eran apoyados desde el aire. Allí reinaban el caos y la muerte…Vieron como tras unos destellos del arma en el camión el soldado subía sin Esmeralda.

El cielo de Egipto estaba oscurecido por las columnas de humo negro…

Capítulo 25

Planes de contingencia

**"El apocalipsis, es eso que ahora entra por las puertas
de vuestras casas"
Sacerdote Efrén Gilbert, Egipto.**

Bombay

-Esto es grave, la situación ha cambiado. Ahora más que nunca debemos de movernos con cautela- Evan observa el exterior de la cabaña con el gesto torcido por la muerte del presidente, consciente de que todo se descontrola por momentos.

-¿Y qué sugieres Evan?- pregunta Lidia sin comprender a dónde quería llegar a parar el militar.

-No sabemos dónde está Svolen, y menos aún dónde entregarle el paquete. Además, ya has visto, le ha declarado la guerra al gobierno- dice señalando la televisión y lazando una mano -se ha vuelto loco- afirma tajante.

-Yo, si lo sé, y seguimos con los mismos objetivos- Lidia

responde igual de cortante, dando a entender a Evan que no va a cambiar de opinión.

-¿De qué hablas Lidia?, ¿dónde está ese sitio?- le cuestiona él, mirándola sorprendido por la afirmación.

-Cuando estemos allí, iremos a su encuentro. Nadie más lo sabrá hasta que todo esté preparado- le responde dejando claro que no confía en nadie que no sea ella misma. Ya no.

Robert suelta un bufido y enciende un puro egipcio que le ha robado a Eddy de su carga, mientras Eddy se enciende otro sentado en la silla contigua, y le mira con disgusto. En el televisor de la habitación se muestran las imágenes de las víctimas del ataque al vicepresidente, intercaladas con una entrevista al secretario de defensa llamando a la calma.

-Entonces ¿qué hacemos?- suelta Robert a los presentes, apoyado en la mesa, sin dirigirse a nadie en especial. -Ahora somos terroristas. Sur contra norte, o algo así- dice sin darle más importancia.

-Seguiremos nuestro itinerario- dice molesto Trussoni. Robert y Eddy vuelven a su cabaña dejándolos solos, ya que palpan la tensión en el ambiente. Evan no puede evitar sospechar o incluso sentir celos, de los motivos ocultos de ella. Los días se hacen eternos dentro del hotel. Eddy intenta mantenerse ajeno a la atmósfera. Por eso, dedica el tiempo a contarle sus experiencias a Robert...

"-La batalla en Moscú fue la única solución para evitar que el país entrara en la Tercera Guerra del Golfo, lo que habría eternizado el conflicto, y posiblemente derivado en la Tercera Guerra Mundial. Fue un ataque por sorpresa, realizado por el cuerpo completo de los Navy Seal. La mayor operación de nuestra historia. El ataque estaba concentrado en la capital.

Fueron días de avance con silencio absoluto por radio, pasando por privaciones de todo tipo, lo principal era que no detectaran nuestro contingente de dos mil hombres. Solo dos mil, ¿te lo puedes creer? También teníamos apoyo aéreo de las nuevas naves invisibles Ghost Hunter R1000, y unos pocos tanques Armagedón de primera generación. Se podría decir que ganamos una guerra antes de que empezara, y fue posible porque capturamos al presidente y a toda la plana mayor rusa, en una hora. Eso sí, con muchas bajas."

A la habitación entra Evan, vestido con su uniforme al completo pero sin insignias para evitar ser identificado, portando sus armas y seguido de cerca por Lidia. -Es hora de irnos, el monzón ya está amainando y no podemos perder más tiempo- les informa.

-Ok- se limita a decir Eddy, que se levanta y va a buscar sus cosas.

Robert ya estaba preparado, en ningún momento se había separado de su uniforme y armas más que para ducharse o dormir

-estamos listos, capitán-.

Minutos más tarde, el grupo camina por el estrecho sendero selvático hacia el aeródromo de contrabando. Trussoni está en cabeza seguido por Lidia, Eddy y Robert. Los mosquitos representan un serio problema por la zona, y la llovizna en la que se ha convertido el monzón, tampoco ayuda mucho. Durante el avance, Evan escucha el leve murmullo de una emisora, cortada de improvisto. Intuye que no están solos. No quiere advertir a quien sea que esté en el bosque, así que se detiene y finge que se ata las botas. Robert también ha notado una presencia, y descubre que el capitán le hace señas con la mano a escondidas. El matón entiende bien lo que le intenta decir Evan.

-Eddy, déjame agua de tu cantimplora- le dice Robert, y el piloto le pasa la cantimplora, momento en el que Robert le agarra la mano y le dice moviendo los labios -… e…m…b…o…s…c…a… d…a..-

El piloto, valiéndose de su experiencia, mantiene la calma y suelta la correa de seguridad de su pistola. Maldice haber dejado su fusil de fabricación rusa en la aeronave.

Lidia aparta con la mano los mosquitos que la rondan, con clara muestra de malestar, quiere salir de ahí. -Aceleremos el paso, chicos, estoy harta de estos bichos.

-Hay que ir con calma, no sabemos lo que podemos encontrar

303

en estos bosques tropicales- le tranquiliza Evan conciliador.

Continuaron caminando por el sendero. Mientras, con discreción, Robert se interna por el bosque empuñando la pistola con silenciador. Camina despacio, apartando ramas con delicadeza. Se ha alejado unos veinte metros del grupo y continúa el camino en paralelo, esperando detectar movimientos. Quien quiera que sea, es bueno. Quizás le había detectado, sopesa las posibilidades de que hubieran descubierto la jugada y le prepararan una emboscada. Y entonces escucha un susurro: -Falta uno de los cuatro, no lo localizo. Zorro uno.

Robert descubre que el tipo se encuentra apenas a un metro por delante de él, caminando con el mismo cuidado y velocidad que lo hubiera hecho un predador. También se percata de que el perseguidor viste un traje de submarinismo completo, además de un peto con armas varias. Se acerca por su espalda apuntando con el cañón de su arma.

-Recibido zorro uno, estaré alerta. Corto- responde el desconocido ajeno a la mirada Robert clavada en su espalda.

Robert dispara en la cabeza del buzo con el silenciador, que cae como un peso muerto al suelo. Después, silba con suavidad imitando a un pájaro y surge de la maleza arrastrando el cadáver. -Parece que tenemos varios zorros esperando en el aeródromo.

Evan registra el cuerpo y encuentra una tarjeta de acceso con el logo del Grupo Origen. -Ya sabemos quién viene a por nosotros-. Se apropia de la emisora del cadáver y les pasa las armas que llevaba a Eddy y Lidia. -Vamos a rodear la zona, tenemos que emboscarles, antes de que se den cuenta de que les hemos descubierto- y poniendo el pulgar hacia arriba -todo irá bien.

Lidia mira a su equipo desconfiada -si son del Grupo Origen podríamos unirnos a ellos, quizás no nos iban a atacar.

Trussoni la observa con ojos profundos -si fuera así, no se habría escondido en la maleza, Lidia.

Ella busca con la mirada a su alrededor -no tiene sentido Evan. Están de nuestro lado.

-Quizás haya una ruptura dentro del grupo y quieran llegar a ti para hacerle daño a Svolen- sentencia Evan.

-¿De qué va esto?- pregunta Eddy.

-Ella es la prometida de Svolen- indica Trussoni con desgana. Eddy mira a Robert atónito, ambos sorprendidos por la revelación. -¿En qué nos has metido Evan?

-Es complicado- responde Trussoni sin querer entrar en detalles.

Robert mira hacia sus propios pies y después dice -por eso Brooks te trató de traidor- Evan asiente -como he dicho, es complicado y no tenemos tiempo para explicaciones.

El Mundo

Washington

William Svolen admiraba al sujeto infectado que estaba encadenado a la mesa del cuarto blanco. -¿Y bien, doctor Jaans?

El hombre de bata blanca lo saludó con una fría sonrisa -es como dicen los diarios que me enseñó. Para ser más específicos, la cepa B del Virus Acrux, que estamos estudiando, parece afectar de forma distinta a sus huéspedes. Algunos tienen algún tipo de resistencia desconocida, aunque todos los sujetos infectados... han acabado muriendo y entrando en lo que llamo, vector positivo de infección-. El doctor cesó su análisis cuando se percató de que la criatura intentaba zafarse de sus ataduras.

-¿Algún dato importante más, Jaans?- preguntó satisfecho Svolen.

-Al igual que la peste negra utilizaba a cierto parásito de los roedores para transportarse, el Acrux utiliza el cuerpo humano. También he detectado que la infección obliga a los órganos a producir sangre de forma desorbitada, aunque aún desconozco cómo es posible eso- concluyó.

-Entiendo. Quiero que prepare varias probetas, he de iniciar la fase dos del plan- le ordenó complacido Svolen al ver que todo iba según lo planeado.

-Svolen, aún no contamos con la cepa A del Acrux- insistió el doctor.

-Ya está en camino- Svolen dio por concluida la conversación.

Cross entró en el cuarto blanco, y saludó al doctor Jaans, que resoplaba enfundado en su bata.

Svolen le dio una palmada en el hombro, seguida de una mirada cómplice -Cross, quiero que tus chicos distribuyan las probetas e infecten cafeterías y enclaves concurridos. Además, tú has de estar preparado en mí jet privado, ya sabes lo que tienes que hacer.

-Lo sé a la perfección. Como ya sabes, el caos es mi segundo nombre-.

William sonrío complacido.

Capítulo 26

Plan de contingencia 2

"La guerra contra el terror se libra calla a calle, ciudad a ciudad."
Jefrie Macoy, jefe de policía de New York.

Bombay

Aeródromo

Unos minutos más tarde, el capitán se acerca al hangar desde el lado norte, aprovechando la cercanía de este a la maleza. No quiere ser detectado, así que se sitúa y apunta con su fusil revisando cada palmo entre plantas, buscando señales. Da con lo que buscaba, hay uno de ellos apuntando al sendero, y en la espalda de este detecta a Robert avanzando con sigilo. El sonido de un disparo retumba del lado noreste, iniciándose así el intercambio de balazos en esa dirección. Robert elimina al furtivo de un tiro limpio y apunta hacia el tiroteo, buscando al enemigo.

-Zorro uno a equipo, nos están emboscando, respondan con fuego intenso- escucha Evan desde la emisora robada.

Una ráfaga de balas impacta en la pared, a solo un metro de Evan. Se arroja al suelo y dispara en dirección al tirador. Se escucha un grito de dolor, ha acertado en el blanco. Robert acude al lugar para rematar al herido. Evan se levanta y se aproxima a la puerta del hangar. Justo cuando va a tirar del pomo, varios disparos irrumpen del interior, y por poco no logra esquivarlos. La puerta se abre de golpe y descubre a un hombre al que conoce muy bien, el capitán John Paterson. De un puñetazo lanza el fusil de su antiguo compañero de armas, y a él lo derriba con una patada. Patterson se incorpora de un salto y se dispone a propinarle un golpe, aunque Trussoni se anticipa y lo retiene por el cuello.

-Trussoni, en buena te has metido- sentencia Patterson con la voz estrangulada.

-Patterson, no vengas con estupideces, todavía estás a tiempo de que te deje con vida, ambos somos veteranos de Moscú- sugiere Trussoni con clemencia, en consideración a las batallas compartidas.

-Las cartas están echadas, mi viejo camarada- insiste.

-El Grupo Origen está bajo ataque del gobierno, no puedes seguir bajo su mando- le advierte Evan.

-Los tres millones que vale tu cabeza y la seguridad de la chica me bastan para seguir un poco más con Svolen- continúa con indiferencia hacia sus palabras, para acto seguido descargar con violencia un codazo directo a las costillas de Evan, dejándole sin oxígeno unos segundos que aprovecha para golpearle en la cabeza. Evan responde levantando los brazos igual que un boxeador, para intentar cubrirse.

-Tú lo has querido Patterson-. Trussoni retrocede unos pasos y desenfunda el cuchillo que porta en el cinturón.

-Eso no te servirá para nada- se regocija "zorro uno".

-Te debo una, Patterson, pero el deber es el deber. Adiós amigo…- se despide Evan Trussoni.

El mercenario trata de darle una patada alta, pero Evan responde con un giro y le clava el cuchillo en el muslo, para seguidamente sacarlo y de un tirón hundirlo por segunda vez en el abdomen. Luego, le atiza con el dorso de la mano en la garganta y lo catapulta hacia el suelo. Patterson forcejea. Después de la secuencia rápida de golpes está confuso, e intenta desenfundar una pistola.

Más ágil que él, Trussoni le aferra el cuchillo a la garganta. -He ganado Patterson, pero si tomas la decisión correcta vivirás, y nuestra deuda estará saldada- le dice regalándole una última oportunidad.

Patterson saca su pistola agarrándola con los dos dedos y la tira al suelo-. ¿Y ahora qué?- pregunta derrotado.

-Le dirás a tus hombres que suelten las armas, que la misión está anulada- le impone Evan.

Patterson aprieta el botón de la emisora que lleva en el hombro -aquí zorro uno a manada, suelten las armas y salgan al descubierto, misión abortada. Repito, misión abortada- ordena a sus aliados, finalmente vencido.

Pronto, tres hombres salen a la pista con las manos levantadas, y Robert al darse cuenta de que se han rendido les obliga a ponerse de rodillas. Eddy abandona su escondite entre la maleza cojeando, con la cara cenicienta y las manos manchadas de sangre. También aparece Lidia, y le ayuda a llegar al hangar.

-Eddy ¿puedes sacarnos de aquí?- pregunta Evan al ver las heridas de su camarada.

-He pilotado con heridas mucho peores Evan, en cuanto saque el aparato os subís raudos- asegura el herido con una sonrisa que deja entrever sus viejos dientes partidos.

Mientras los motores empiezan a rugir dentro de la instalación, Trussoni recoge las armas y raciones de comida que portaban aquellos hombres de Origen. Lidia ayuda a acomodarse a Eddy y se coloca en el asiento de copiloto, siguiendo las indicaciones del contrabandista. Este se fija en que los tanques de combustible están llenos, y da gracias de ser lo suficientemente previsor. Para poder salir de ahí a bordo del avión de carga, hay que desplegar las compuertas. Trussoni va a ello, y al acercarse a los comandos de apertura descubre estremecido amontonados los cadáveres del personal del aeródromo. Decide ignorarlos, pulsa un botón verde que activa el sistema de apertura y continúa hacia el avión. Ve como el antiguo carguero soviético comienza a rodar para tomar la pista de despegue. Avanza con la puerta abierta, así que Evan se introduce de un salto y se queda agarrado. Cuando el avión por fin toma la pista y empieza a coger fuerza, Evan llama de un grito a Robert, que corre hacia él y lo agarra, ayudándole a subir con rapidez.

-Muy bien Lidia, has despegado tu primer avión- le dice Eddy mientras Evan traspasa la puerta de cabina.

-¿Cómo estás, viejo amigo?- pregunta Evan a Eddy observando las manchas de sangre en la ropa del piloto.

-Un disparo en el estómago, ya sabes cómo duelen, así que en cuanto activemos el vuelo automático me traes el viejo whisky. Me hace falta un largo, muy largo trago- admite medio sonriente Eddy.

-Sin problema amigo- dice Trussoni golpeando con suavidad el hombro del herido.

-¿Ahora a dónde vamos?- pregunta Lidia.

-Destino Islas Smith- indica el piloto.

-Evan, ¿qué has hecho con los prisioneros?- le pregunta Lidia rehuyendo la mirada de su amante, dejando que la desconfianza haga mella en ella.

-Lo que mi trabajo me obliga- afirma Trussoni mientras sus pensamientos permanecen fuera del avión.

Tras ellos, en tierra firme, los cadáveres de tres de los miembros del grupo que les atacó yacen esparcidos junto a la pista, mientras que John Patterson se arrastra cojeando a la torre de control, oyendo los motores del Antonov-24.

————————————

Una vez activado el piloto automático, Trussoni agarra al piloto y lo lleva a la zona de carga, donde con ayuda del botiquín se dispone a tratar sus heridas.

-¿Recuerdas el viaje a Moscú, cuando pisaste donde no debías, y te quedaste colgando?- Trussoni sin desviar la mirada de su trabajo, asiente. -Por un momento todos pensamos que habías caído por el precipicio helado, imagínate nuestra sorpresa al ver que estabas allí, aferrándote a un saliente-. Toma un sorbo de la botella de whisky, y continúa -yo sé por qué no te soltaste, tenías un hijo y una esposa que te esperaban. Lo vi en tus ojos, y que nunca te ibas a rendir eso también lo supe, saliera bien o mal la operación, tú sobrevivirías a la batalla, y también a la guerra-.

314

-Me adiestraste bien viejo cabezón- le responde vendando el estómago del veterano piloto.

-Me enteré de tu divorcio, quise buscarte y llevarte de copas, aunque por mala suerte estaba al otro lado del planeta. Creo que en aquella época estaba esquivando balas en Afganistán o Arabia Saudí- le cuenta Eddy.

-Siempre te he considerado un fiel amigo, más que un mentor, Eddy- confiesa Trussoni.

El piloto cambia su expresión y con una mirada penetrante le habla directo -sé en qué andas metido, es algo muy grande. Esta vez no te voy a dejar solo, y no hay más que hablar.

-No es tu guerra viejo- responde el capitán, dando un trago y devolviéndole la botella de whisky.

-Ahora sí, tú eres como el hijo cabezudo que nunca tuve.

Evan sonríe con expresión divertida -y tú mi padre favorito si tuviera alguno.

Eddy bebe de la botella durante más de seis segundos, le pasa la botella a Evan y ambos se echan a reír a carcajadas.

-Ahora en serio, ¿qué tramas?- pregunta Eddy cómplice.

-Solucionar mi pasado- admite finalmente Evan.

Lidia entra sin avisar en el compartimento -Robert está con el volante. ¿Cómo estás Eddy?, ¿necesitáis ayuda?- pregunta interrumpiendo sin ser consciente de la trascendencia de la conversación.

-Ya todo está controlado- responde Evan con aire serio y ausente.

Lidia se acerca a Trussoni y le quita la botella para beberse la mitad de lo que queda de whisky de un tirón. Ambos hombres se quedan mirándola y no dicen nada más.

El Mundo

Washington

El general de cuatro estrellas, L. King, director de la CIA, se encontraba en el despacho oval, junto a sus escoltas militares armados con fusiles M16. Vestía el uniforme de gala al completo y se dirigía a los seis periodistas con cámaras que estaban frente a la mesa.

-Este es un comunicado, no admitiré preguntas...- comenzó León King al ver las luces verdes de las cámaras, que se encendieron avisándole de que comenzaba la retrasmisión a la nación. -Hoy, nuestro país se enfrenta a un enemigo que se ha ocultado entre nosotros y que actúa como una víbora. Ha atentado contra los valores de nuestra amada nación. Eso no se puede tolerar y no lo haremos. Porque vosotros, el pueblo estadounidense, contáis con que le derrotemos allá donde esté. Por eso, actuamos con contundencia contra las fuerzas paramilitares que van en contra del gobierno legítimo de nuestro país.

Dos grandes hombres nos han dejado estos días. El dolor de su pérdida nos dará la fuerza para alcanzar la victoria, en nombre de ambos héroes, que no tuvieron miedo para enfrentar al enemigo.

El presidente James Monroe y el vicepresidente Gerald C. Buchanan actuaron con honor, siempre velando por la estabilidad de nuestro país. Yo continuaré con su labor, hasta que esta situación esté controlada- un oficial se acercó a la mesa oval y le entregó unos documentos. -En varios estados de nuestra nación se está luchando contra el Grupo Origen, leales a William Svolen. Se trata de la mayor operación militar en suelo americano desde la Guerra Civil. Los terroristas de Origen están abriendo fuego sobre nuestros contingentes en los aledaños a sus bases en los estados de: Texas, Misuri, Misisipi, Florida y Wisconsin. Sin embargo, varios de sus bastiones se han rendido a nuestro avance, en los estados de Nevada, California y Oregón.

Estamos ganando la guerra contra el terror, y no creo que tardemos mucho en localizar al terrorista acusado de alta traición. Nuestro país siempre dispondrá de líderes fuertes que luchen por él y derramen su sangre en honor de la patria. Eso es todo. Pueden irse.

Tras terminar el discurso se sentó en uno de los sillones, frente a él esperaban solemnes varios oficiales y ministros expectantes... llegaba el momento de que el nuevo presidente en funciones tomara las decisiones que cambiarían el destino del mundo...

Capítulo27

El destino del ancestro

**"Los ancianos son la mirada a los errores pasados de nuestra nación,
la memoria aún viva."
Capitán Abel Torch, 6º división aerotransportada.**

Bosques de Canadá

Dorne Wood corre hacia la cima de la montaña, esquivando las ramas de los árboles con agilidad sin dejar señal de su paso. Pese a su corta experiencia se desenvuelve con facilidad en ese medio en el que ha crecido desde pequeño. Tras él se acerca un grupo de chicos de su misma edad, le siguen con la misma destreza. Un ruido brusco lo saca de su ruta, le parece que algo corre a su derecha.

Se detiene deslizándose sobre la tierra en un claro. Ve frente a él un caballo gris de lomo negro que le mira a los ojos. El adolescente siente una fuerte conexión con el animal ,como si se mirase a sí mismo. De repente, este desaparece entre la maleza, y Dorne sale corriendo tras él. La criatura salvaje parece ir siempre más rápido que él, aunque sin dejarlo atrás, hasta que alcanza un claro aún mayor que da a una colina conocida por su gente como "la casa de los ancestros". El joven, pese a las prohibiciones de los mayores acerca de ese lugar, se acerca a la cima y ve por el rabillo del ojo a sus amigos aparecer en la ribera del bosque, sin atreverse a pisar el claro. El caballo parece esperarle en la cima.

Dorne termina de subir la colina, y allí le llama la atención un antiguo arco de piedra que se erige orgulloso pese al paso de los siglos. Desde este, el caballo galopa hacia él, atravesando su cuerpo como una ola de energía. En ese momento los chicos que están abajo ven como el cuerpo de Dorne brilla lanzando destellos dorados durante unos pocos segundos. El joven vuelve a mirar hacia el arco y allí está su padre, Neil, contemplándole con expresión suave y a la vez severa. -Hijo mío, el caballo es tu guía espiritual y estará contigo hasta que tu aliento espire por última vez-.

El chico mira hacia el linde del bosque y ve como los demás miran hacia donde él está sin acercarse, con cara de asombro. -Papá, ¿qué pasa, cómo puede ser que estés aquí, si estás en Nueva Babilonia?

Neil observa al sol -hijo, yo morí igual que lo hará este día al anochecer. Y ahora te he de entregar un legado que no deberías de soportar y para el cual no tienes casi tiempo que perder. El mundo se enfrenta a su mayor prueba, Dorne. Debes de salvar a nuestra gente, a todos los hombres y mujeres que puedas, porque el horror de la muerte llegara hasta aquí. Ya se extiende por oriente, y pronto afectará a todos-. El adolescente se acerca al espíritu de su padre -hijo, la llamada ha empezado, tienes que liderarlos a todos aquí en el norte. Convoca a los ancianos, ellos te seguirán-.

Dorne roza con su mano la de su padre, y en su mente una visión surge como una estampida, causándole un dolor atroz que lo derriba al suelo...

"Un millar de hombres descienden de la montaña, armados con rifles y fusiles. Pisan tierras baldías, siguiéndole a él y a una chica que de alguna manera sabe, es el amor de su vida. Juntos lideran a un ejército que es testigo en el horizonte de como la mayor batalla sobre la faz de la Tierra se sucede, una lucha desesperada de miles de soldados contra un inmenso mar de zombis. Puede ver a algunos hombres con poderes enfrentarse entre ellos, algunos en favor de la humanidad y otros no.

La sangre tiñe las tierras muertas. Él se alza sobre su montura, y enarbolando una espada dorada, da la orden de carga. Todos los que están detrás de él se lanza galopando y corriendo hacia la que parece una muerte segura. Escucha una voz femenina junto a él -si esta es la última batalla de la humanidad, lucharemos hasta que no quede nada-."

Dorne despierta con temblores, sus amigos están a su alrededor mirándolo con una mezcla de sentimientos. -Estoy bien-. Se levanta sudoroso y observa sus brazos, que ahora están arañados. Se mira las uñas ensangrentadas y se da cuenta de que las heridas forman símbolos que le son familiares. -Amigos, id a buscar a los ancianos de las distintas tribus, contadles todo, y decidles que les espero aquí. Los ancestros nos llaman -. Los seis adolescentes lo miran confusos. -¡Avisadles!

Los chicos se van corriendo si mirar atrás, desapareciendo en el bosque en distintas direcciones, sabiéndose testigos de algo que sus ancianos les habían contado de niños. "La Llamada".

Dorne se sienta en el suelo extenuado -¿quién eres?- pregunta al aire, recordando a quien cabalgaba junto a él. Las horas van pasando y él permanece sentado en silencio, recordando el horror que presenció en su visión, abrumado por conocer la muerte de su padre y conocer que algo había despertado dentro de él, para siempre.

Al anochecer, los primeros ancianos van apareciendo, y en silencio van sentándose a su alrededor. Ninguno dice nada, se limitan a observarle. Dorne siente que ven en su alma. Él también permanece en silencio, a la espera de que ellos se dirijan a él.

Cuando la luna alcanza su cenit, el último miembro del

consejo de ancianos se sienta en lo alto de la colina. -Somos la voz y la memoria de las quince tribus y estamos aquí ante ti- anuncia sin perder detalle de los brazos de Dorne.

-He sido convocado ante vosotros por mi espíritu guía y mi padre- responde el chico titubeante.

Los ancianos se miran entre ellos, asintiendo uno tras otro. Finalmente, uno de ellos comienza a hablar -desde los albores del tiempo de nuestros ancestros, procede La Llamad, la profecía que anunció a quienes se sentaron antes que nosotros aquí sobre la llegada de un guerrero que portaría las marcas de sangre, que estaría llamado para heredar el poder del consejo y liderarnos en la última balanza del tiempo.

Dorne mantiene sus ojos fijos en el portavoz del consejo, a pesar de que sus brazos parecen arderle en llamas. Aunque el adolescente no lo sepa, todos los ancianos ven brillar los símbolos en sus brazos. -Eres tú quien ahora nos convoca. ¿Cuál es tu mensaje?

Dorne logra serenarse con dificultad, y se levanta con las piernas debilitadas, aún creyendo que va a caerse -la batalla final, la he visto. No tenemos mucho tiempo, es necesario que volvamos a unirnos como una sola tribu y nos adentremos en los refugios de nuestros ancestros. He visto la muerte voraz correr sobre los pastos y ennegrecerlos con su sangre-.

Los presentes se acercan a él y uno tras otro con ceremoniosa dedicación, usando antiguas artes, van tatuando el símbolo de liderazgo de cada tribu en el cuerpo de Dorne. Hasta el alba dura el ritual de investidura, y al final, inconsciente y extenuado, los ancianos escoltan a Dorne hasta la Atalaya Sagrada, en donde descansaría hasta el final despertar.

La Atalaya

Las frías rocas levantadas siglos atrás son testigos mudos de los febriles sueños del chico que yace en el altar de piedra, cubierto con un manto de piel de lobo. Sus tatuajes siguen sangrando cuando los ojos palpitantes de Dorne se abren. Delante de él, la chica de su visión le sonríe.

-¿Quién eres?, dime tu nombre- dice él en un susurro.

Ella le dedica una mirada dulce -pronto nos conoceremos, tú me salvarás la vida, y yo haré lo mismo contigo-.

Dorne cae inconsciente nuevamente durante unos instantes. Al despertar, ve al caballo vigilar su sueño desde el exterior de la estructura, escucha sus pasos y el viento mecer el pelaje. Intenta levantarse, pero el dolor de todo su cuerpo lo paraliza y queda tendido en el altar. Tiene todo el cuerpo repleto de tatuajes y solo en ese instante, por última vez, se permite llorar como el niño que en el fondo continúa siendo, obligado a crecer antes de tiempo.

Osiris G Grand

Agradecimientos:

Gracias a Abigail Ojeda Alonso.

Por hacer posible este libro con su total apoyo y ante toda su comprensión a mis incesantes desvaríos nocturnos frente a la pantalla de ordenador.

Osiris G Grand

CONTINUARÁ

Apogeo: Línea de Dioses

2ª Entrega de Death Under the Sky

www.ingramcontent.com/pod-product-compliance
Lightning Source LLC
Chambersburg PA
CBHW020403260626
47156CB00007B/2212